擦肩而过

AS WE PASS BY

龚旭 ◎ 著

中国海关出版社

图书在版编目（CIP）数据

擦肩而过 / 龚旭著 . 北京：中国海关出版社，2015.9
ISBN 978-7-5175-0084-1

Ⅰ . ①擦…　Ⅱ . ①龚…　Ⅲ . ①随笔—作品集—中国—当代　Ⅳ . ① I267.1

中国版本图书馆 CIP 数据核字（2015）第 191182 号

擦肩而过

AS WE PASS BY

作　　者：龚　旭
责任编辑：沈楚铃
助理编辑：黄　阳
出版发行：中国海关出版社
社　　址：北京市朝阳区东四环南路甲 1 号　邮政编码：100023
网　　址：www.hgcbs.com.cn；www.hgbookvip.com
编 辑 部：01065194242-7536（电话）　01065194231（传真）
发 行 部：01065194221/27/38/46（电话）　01065194233（传真）
社办书店：01065195616（电话）　01065195127（传真）
http：//store.hgbookvip.com（网址）
印　　刷：北京新华印刷有限公司　经　　销：新华书店
开　　本：880mm×1230mm　1/32
印　　张：7.5　字　　数：100 千字
版　　次：2015 年 9 月第 1 版
印　　次：2015 年 9 月第 1 次印刷
书　　号：ISBN 978-7-5175-0084-1
定　　价：45.00 元

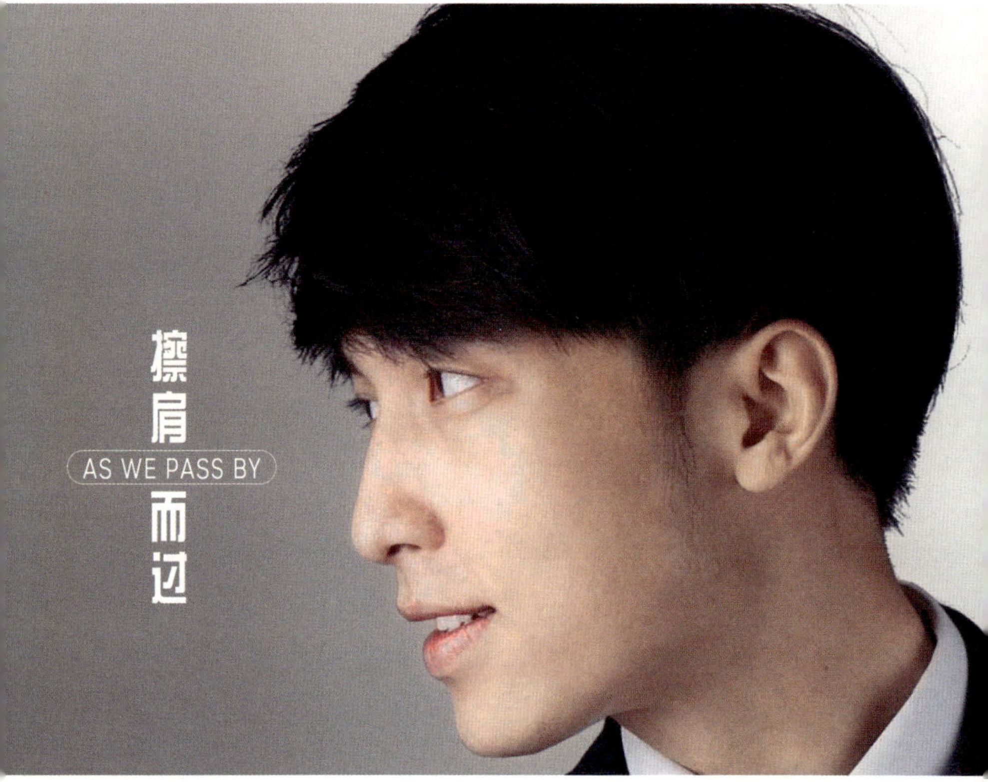
擦肩
AS WE PASS BY
而过

前言

AS WE PASS BY

矫情的话说在前面

我们拿什么谈论幸福?

我们对爱过的姑娘说，你一定会幸福。对懵懂的孩子说，希望你成功。不时也对自己宣讲，未来会更好。那些额头上的亲吻，那些留在图书扉页的赠言，甚至陌生人手中的一束鲜花，无一不在提醒，我们都是被祝福过的人。

我心知那是一份美好的心意，可一种莫名的不快却久久挥之不去。正如我们不会贸然赞美一位女士，你一定会更美。那么这种看似善意的祝福是否也有挖苦当下的嫌疑。

我不解现代人的幸福，好像还在未来，又好像都被留在了过去。人们习惯性记录着学业的排名、存款的位数，连停车位的好坏和配偶的“颜值”都被列为幸福的指标之一。如果这种计较合乎情理，那么文章开头的“祝福”就变成了驴子眼前的一根胡萝卜，让我们在追赶的路上永远停不下来。

很多人和我说，你太早安定下来了，应该做演员，应该留京，应该创业，应该为爱浪迹天涯……对很多人来说，每一个路口看似都有更好的选择。言语间，引起共鸣的往往不是“我很好”，而是“想当年”和“早知道”。心满意足的人成为了异类，就像谁都应该有个盼头，有点悔恨才能活下去。

我问他们，幸福难道也分三六九等和早晚对错吗？

如果说相爱和分别都是命中注定，如果成功与失败都是相较而言，如果我连生命的长短都无法掌控，那我凭什么不能感到并享受当下的貌似微不足道的幸福？

午餐后来一杯热咖啡；周末踩一脚油门去看看大海；下了早班三五知己到家里吃顿家常菜，他们的孩子坐在我膝头；母亲偶尔来珠海探望，从厨房端出一盘热腾腾的青椒炒肉丝，这些瞬间都让我感到幸福。

我不愿意过多缅怀一个艰苦奋斗 30 年的励志故事，也掰扯不出一个充满雄心壮志的人生设想。但我相信，人生正是由无数个当下拼凑而成，如果有什么我认为总归不会错得离谱的，那就是无论走在人生的哪段路途，都义无反顾地去爱自己的岗位和生活，不让幸福与自己擦肩而过。

所以，请原谅我说我很好。毕竟，过好这一生，原本就是一场战斗。

矫情的话写在前面，诸君笑纳。

龚　旭

2015年8月

目录

AS WE PASS BY

① 我说我

② 他人即地狱？

③ 与全世界擦肩而过

UGOOD!

擦肩

AS WE PASS BY

而过

擦肩而过

AS WE PASS BY

1 / 我说我

人的一生总会被打上很多标签。

读书时，因为一场舞台剧，我成为“小二”。

做舞蹈演员时，因为负责托举，我成为“龚大力”。

后来，因为一档节目和一张照片，我成了“海关李敏镐”。

然而，这毕竟是我的故事，首先我想说说我。

AS WE PASS BY

天天向上

事情的开始很简单，我想回趟家。

2014年年初，一位北京的旧友打来电话告知，海关总署要举荐几名青年关员到长沙参加“天天向上”节目的录制，他隔空点名举荐了我。事实上那时距离我转业离开舞台已经好几个年头，我自知不善言辞交际，所以一度想回绝。最终决定参加，其实是希望可以回趟长沙老家，顺道看看许久未见的母亲大人。

面试：28岁的我有16年工龄

上节目之前，我们到深圳参加了面试。关员代表自报家门，两位编导轮番提问。轮到我时，我按前一晚打好的腹稿，汇报了2013年自己因案件查缉量位列关内榜首而荣立个人三等功的战绩。然而，当时两位编导对此类“先进典型式”的数据并不十分感兴趣，一旁的同事按耐不住开始助力抢答。

“他长得像李敏镐！”

两位编导愣了一下，开始认真打量，眼神里似乎终于对我这位“非典型”带了点兴趣。接着他们直白犀利地问我，你想想，自己最“屌炸天”的事情应该是什么？

我认真想了一下：

“我今年28岁，有16年工龄。”

待我解释完转业前在军艺和文工团的工作经历后，编导们相视一笑，我也终于松了口气。一个月后，我接到前往长沙录制节目的通知，成功踏上了回家的路。

背不好的台词：有肉？显瘦？

熟悉我的人知道，我并不是一个能说会道和擅长临场发挥的人。所以节目录制当天，眼见来自各个关区的同事们在镜头前表现得如鱼得水，我一边反复背诵自己的几句对白，一边打定主意努力往各种边边角角里躲。一切似乎都按照我的预想进行着，只要顺利做好自己的部分，录制工作一结束我就可以直奔长沙的家。

直到节目正式录制、主持人已经登台的时候，编导突然匆忙跑过来，对我交代一句：

“你给自己加个介绍，穿衣显瘦，脱衣有肉。”

“什么？瘦肉？”我脑子一蒙，一是没太听清，二是生怕记不住。果然，慌乱出场后，原本背好的发言在镜头前各种停顿乱入，“有肉”、“显瘦”也傻傻说不清楚，好在其他政策讲解的部分并没有什么大纰漏，一同登台的同事们都十分给力。节目播出后，我自觉效果已经比之前预料的好太多，就厚着脸皮问母亲自己表现得如何。

不假思索，母亲大人是这么回答我的：

“哎，看到了，和你一起上节目那个小胖挺有意思的。”

我一时哭笑不得，心想这明显是顾左右而言他，二十几个年头过去了，还是别人家的孩子好。

如今节目已经过去一年多了，很多朋友因为这场节目开始关注海关，连带着我这个“打酱油”的人也被冠上了各种称号，种种预想不到的事情也随之发生……

5740240

AS WE PASS BY

我不是李敏镐

海关有个“李敏镐”！

2014年，很多朋友因为这句话开始知道我。

简单说，这一切的发生都得益于一张照片的角度和一期热门综艺节目的播出。一夜间，几十万人纷纷“莅临”我的个人微博，安营扎寨，甚至慢慢走入我的现实生活。

照片：人人身边都有一个“明星朋友”

2014年的春节，一位朋友将我的一张照片与韩国演员李敏镐先生放在一起做了一张拼图，照片发布后大家纷纷惊呼“长得好像”，原本这事也就这么过去了。不久后我代表拱北海关参加“天天向上”海关专场节目录制，节目组把照片挖了出来，“海关李敏镐”的称呼就随之叫开了。

我确实没有想到，有一天我居然能与一名“国民男神”联系到一起。其实见过我的朋友都知道，我与李敏镐先生长得并不那么相像。能“荣膺”这一称号，完全是一场机缘巧合。

事实上，如果认真挖掘，每个人身边都会有这么一两个“明星朋友”。毕竟明星间都还有“撞脸”呢，更何况广大民众自由生长的脸庞？事情发展到后来，有人说我其实长得像帅哥池昌旭，也有说我像“国民 MC”刘在石……

想对因为“明星脸”关注我的朋友们说，如今这个时代，照片被打成“照骗”，是很有根据的，我最像的当然还是我。

微博：@黑衣人旭旭

我从 2012 年开始使用新浪微博。之所以给自己起名“黑衣人旭旭”，是因为确实很喜爱自己平日里穿的一身“黑衣”——中国海关制服。那时我和大多数人一样，微博不过是个人的小天地，互动的都是生活上相识的朋友，凑上几个营销号，“粉丝”栏上的数字也就刚刚过百。

然而，后来发生的事情超出所有人的意料，从节目播出那天起，这个叫“黑衣人旭旭”的微博账号也发生了翻天覆地的变化。我的一言一行开始被大家热情关注着，“粉丝”栏上的数字开始以某个未知的加速度飞快增长，由几千到几万直到后来的五十多万。

我一时看得目瞪口呆，很想问一句："都是李先生的粉丝吗？"

短暂的新鲜感后，这种突如其来的海量关注让我感到困惑。对于一个"孤军奋战"的普通人来说，几十万的关注量是一件毫无预警的"突发事件"，一时乱了阵脚，自觉难以驾驭。来自全国各地的评论让我应接不暇，消息栏里永远是点不完的未读标记，大脑好像成了一个濒临崩溃的信息接收站。

从开始的慌乱到后来的适应，我发现这群挤在我"粉丝"栏里的伙伴其实都很有趣。他们其实不在意我在微博里"神出鬼没"，只要我偶尔分享一下生活点滴，他们就能在下方唠起嗑来，评论跳脱的程度看得我哭笑不得。

逐渐地，他们不再叫我"海关李敏镐"，而是叫我"蜀黍"、"大旭"种种他们自己喜欢的称号。某位"逗比"范儿十足的网友甚至在去韩国旅游期间抱着李敏镐的海报发了一组名叫"我与龚旭的快乐生活"的微博，配图张张精彩，文案堪比微博最好的段子手。

想对这位段子手说，不管后来她有没有见到李敏镐，我笑了。

过关旅客：谁都想来拍一张

如果大家通关时仔细留意，应该知道海关关员们大多神态严肃，眼神犀利。为了在短短几十秒内对一波又一波不间断的旅客进行敏锐的观察，关员需要保持高度注意力，一不小心就绷出了一张“臭脸”，例如我。不可思议的是，尽管如此，来往的人群里居然总有一些女性旅客会豁出胆来向查验的男关员扔纸条、要电话。

我原本以为，在微博上获得一些关注以后，被扔纸条和索要电话的情况会更多。后来我发现，这种情况在我身上已然绝迹，事情开始朝着另一个诡异的方向发展。

正如网友们喜欢说的，能动手的时候绝不再动口。带着猎奇心理的旅客们一边小声碎碎念“李敏镐！李敏镐！”、“天天向上！天天向上！”，一边开始动用一切带有摄像头的设备，施展各路摄影技能。婉转的，会放慢脚步装作打电话、看新闻，然后用平板电脑或手机“咔嚓咔嚓”偷拍几张；“彪悍”的，甚至会把相机举到我脸前，对我大喊：

“你别动，我还没拍好！”

总之，谁都想要拍一张，那些忘记关掉的闪光灯在我脸上烙下了数不清的“某某到此一游”。

这些突如其来的“镜头感”，多少会让我在工作中后背僵直、思绪纷飞。以往脚步匆匆的大家突然间好像都不着急了。隐约间，自己仿佛变成了口岸的一个“不定时景点”，查验台就像一个铁栏罩着我，一个个“观光客”光明正大地走到我面前，放慢脚步，任意围观。而我能做的，只是不断重复那句：“海关监管区域请勿拍照停留。”

想对那些路过的摄影师们说，如果拍得不好，请删掉好么？

电话泄露：午夜惊魂

记得那时我还住在关里的单身公寓，由于不远处有一小片公墓，因此单身公寓被我们戏称为“180度坟景房”。其实一开始，这些国人忌讳的元素并不影响我们一群年轻人在此安居的幸福指数。公寓格局很小但南北通透，周遭绿树葱葱，种满木瓜、芒果和菠萝蜜等热带果树，走廊上还能看到我自认为不错的珠海夜景。

一切还算怡然自得，直到一大波不知名的电话在午夜来袭，彻底打破了我对这栋“180度坟景房”的观感。

那时节目播出不久，正值网友们还为“海关男神”和“李敏镐”等关键词感到新奇的时候，我的电话号码却在一夜之间被泄露到全国各地的粉丝群里。大家开始和我玩一个游戏——全天候在各个时间段拨打我的电话，而且都不好好说话。

彻夜的手机震动本身已经让我难以入眠，更让人“清醒”的还有电话那头时不时传来的诡异静默和莫名笑声。深夜里独自面对这些陌生来电，难免联想到恐怖片里的各种经典套路，背后止不住一阵冷汗，只能尽量礼貌地回上一句抱歉，然后匆匆挂断电话。

想对泄露我电话号码的人说，因为你，我快患上神经衰弱症了。

5740240

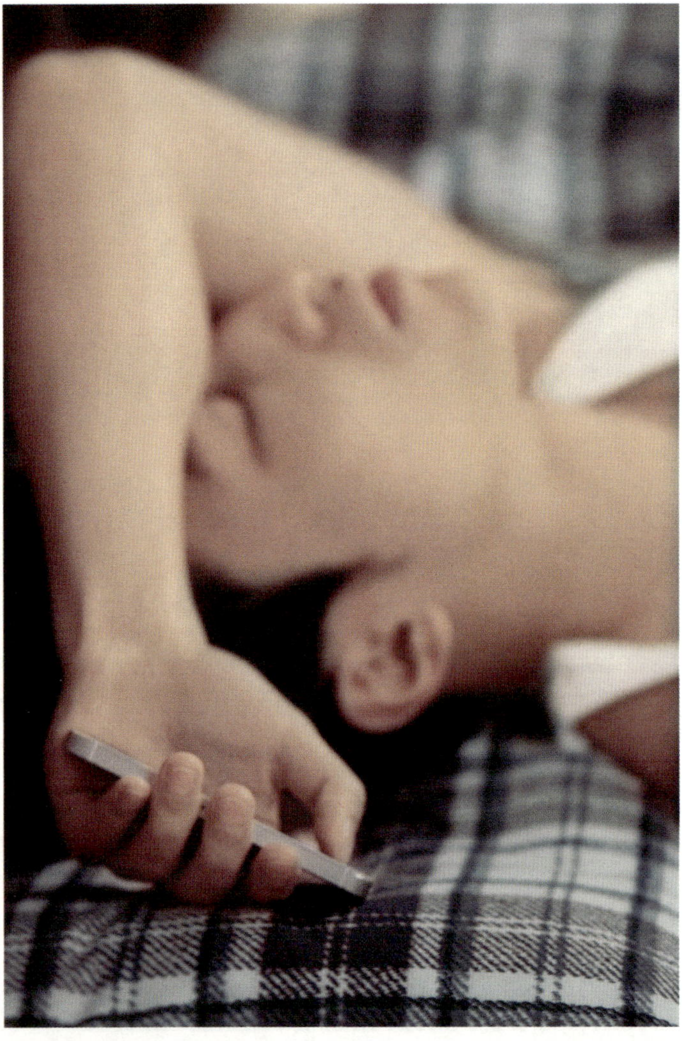

没人喜欢白羊座

假(qi)如(shi)我是一个“逗逼”,假如你们知道我是白羊,还会说喜欢我么?

一度可能成为“非常男生”

2000年的夏天，湖南的大地上正在酝酿着一场场即将席卷全国的选秀活动。当时的我只有14岁，暑假回到长沙才得知，父亲居然擅自为我报名参加了一档“芒果台”的民间选秀活动。父亲说，他已经把我的照片和资料交到节目组，由于各方面条件符合要求，可以直接进入到下一轮入围赛。

当时的我出离愤怒了，一向嫌我难看的父亲难道要让全市人民都知道我难看么？为了表示我对“独立自主”精神的追求，我来了一次轰轰烈烈的离家出走。说走就走，我愤然摔门离去。可是走着走着，却发现自己迷了路，摸摸口袋，出门的时候脑子一热根本没想过带钱。正当我徘徊过几条街道、几近崩溃绝望的时候，突然发现前方好像就是我家附近的街区。

我几乎是连滚带爬一路狂奔过去。

当我推开家门，母亲还在厨房里照常忙碌着，脸上看不出一丝惊慌和焦虑。她见我回来，开口说道："买了好多肉，正准备做青椒肉丝呢。"我气急败坏地走到她面前吼道："我离家出走了！离家出走了一天，你都没发现么？"

"这不是回来了么？"母亲笑着看我。当他们得知我那无疾而终的"离家出走"究竟为哪般时，便不再逼迫我参加选秀节目。

如果那年我没有离家出走，会成为下一个李宇春么？

星座吐槽

说来说去还是熊孩子，好在爸妈心很大。

穿上内裤就是 SUPERMAN

哪个男孩没在血气方刚的年纪打过架呢？

在军艺的最后一年，所有人都在礼堂观看毕业汇报演出。突然，副班长的手机震动了，他掏出来看，是班上的一个男生发来的短信。内容很简单："302 教室。救我！"

他把短信递给了坐在隔壁的我，我一看，整个人几乎要从座位上跳起来："十万火急啊！"礼堂里的音响太大，我在他耳边大声吼。

时间就是生命。在汇报演出的间隙，我"腾"地站起来，振臂一呼："98 级舞蹈系的男生都跟我们出去！"话音刚落，一排男生齐刷刷站起来，径直朝门口走去。班主任在身后嘶吼，可是没有人回头。我走在队伍的最前头，觉得自己像个一呼百应的草莽英雄。一群人径直冲到 302 教室，一看那个被打得鼻青脸肿的男生，脑袋一热，撸起袖子不由分说便干起了架。

事件的结果当然很严重。

"谁先动的手！"我们排排站在教室里，年级主任狮吼着来回走动。

所有男生"哗"地一下全举起了手。

"谁是始作俑者？"主任的脸开始抽筋。

我义无反顾地举起了手，却发现，大家还是和我拥有同样的默契。

14岁，北京，军艺，在学校文艺晚会的后台，一同候场的演员开着闪光灯给我拍下这张照片。

15岁，北京，军艺，一次舞蹈表演后的演员合照，照片中间下方的是我。

“最先走出礼堂的给我出列！”主任近乎咆哮了。一个漂亮的正步，整排队伍向前平移。

那一瞬间，我觉得我们都是SUPERMAN。

星座吐槽

平时懒得像烤全羊，关键时刻到处乱撞。

有一个白羊座舍友你永远不会寂寞

胖子是我在军艺时期的战友，睡在我下铺。当时宿舍里有四个人，都是十来岁的小战士，身上穿着并不合身的宽大制服，除了训练就知道吃和玩。作为一个爱搞恶作剧的人，我最“引以为豪”的事是曾经让下铺的胖子成为一个——燃烧着的胖子。

有一天晚上，练功早已消耗了晚餐储备的能量，我们都饥肠辘辘地醒着，只有胖子呼呼大睡。看着他“过于任性”的睡颜，一时无处安放内心迸发的灵感，我召唤了对床的两只“神兽”，一同往胖子盖的被子上洒了一小罐不知名液体（后来发现是ZIPPO火机油）。事情完毕后又试探性地用打火机点了一下。

轰，脑海里只剩下四个字——“好！大！的！火！”。

不容多想，我们仨急忙操起手边的任何东西——毛巾、枕头、扫把——胡乱使劲地扑打火苗，好不容易把火势扑灭后才终于擦了把冷汗，各回各床，各睡各觉。

没错，我们作完案、灭完火就睡了。如果这是一部消防安全警示片，剧情到这里已经很不对劲。

然而，如今想来更不对劲的是，那位燃烧中的胖子，那个被各类救火器具扑打过的胖子，他从头到尾一直没有醒，一直安然地做着他的美梦。

尽管后怕，可第二天早上，当他扯着黑乎乎的被面问我究竟发生了什么事时，我仍然真诚地看着他的眼睛，告诉呆萌的胖子，我什么也不知道。

（该情节经专业处理，动作危险请勿模仿！）

星座吐槽

脑洞开得这样大，谁说羊的脑容量小？

求求你们不要让我吃成“小肥羊”

我是极度不喜欢火锅的。

在军艺学习的五年时间，除了食堂，唯一可以改善伙食的地方就是一家火锅店。在那里，10 块钱就可以买到一盘堆得像小山般高的羊肉片。无肉不欢，对于嗜肉如命的我来说，那里是唯一可以让味蕾获得满足的地方。然而五年来日日沉浸在那股熟悉的火锅味中，那些曾经美味的羊肉早已味同嚼蜡，我发现自己对火锅开始“累觉不爱”了。

军艺毕业后，我们犹如一群脱缰的野马，发现了这个世界原来可以这么任性地吃。可是让我不解的是，近十年来，我的周围始终环绕着一群视火锅如命的朋友。只要大家聚在一起，我总要被他们拖到全城各家火锅店作陪。

“吃火锅有什么好，会一身味道啊……”坐在车上的我一路哀嚎。

然则没有人理会我的抱怨。

还没到店门口，空气中那股辛辣呛人的味道就能瞬间让我想起汤面飘着的辣椒油，痛苦的回忆一下子充斥整个大脑。

“那个，火锅真的不好吃……”我甚至想扒开车门罢工。

众人凌厉的眼神直晃晃射过来，我只能勉为其难乖乖落座，继而掏出手机找点消遣。

“龚大力，你真的不吃点？”扑通，A 君倒了一盘羊肉到锅里。

“不吃！”我抬头，盯着满锅红油，斩钉截铁得如同一个义士。

“你不是一向爱吃肉么？”哗啦哗啦，B 君夹着一块肉在我面前晃悠。

“肉有那么多煮法，你们非得一锅全扔进去吗？都是一个味道了！”我撇撇嘴，继续一番善意的提醒，“况且你都这么胖了，脸上还长着青春痘……”

话音刚落，就听得“啪”地一声，C君愤然将筷子拍在桌上：“龚大力，你知道全中国喜欢吃火锅的人能绕地球多少圈么？！”

……

星座吐槽

毒舌＋话唠＋嘴贱，你不让我开心，我也不会让你太开心。

不喜欢就SAY NO

“天天向上”归来，我成了各路叔叔阿姨眼中炙手可热的“佳偶良婿”。

“小龚啊，我外甥女长相标志，工作稳定，要不要一起去喝个咖啡？”

“小龚啊，有个同事的女儿挺喜欢你的，家世学历样样好，见个面如何？”

“小龚啊，我朋友的亲戚的同事的女儿想认识你，如果能成，人家愿意放弃工作随你到珠海来，考虑一下？”

……

一开始，既是出于对“相亲”活动的好奇，也因为牵线搭桥的人多数是长辈，不好意思直接拂了别人的好意，所以我都勉为其难地答应了下来。“万一相亲真能找到对的人呢？”我这样安慰自己。可是一见面，多数还是话不投机半句多，一杯咖啡的时间对于我而言已经足够煎熬。后来有一次，咖啡还没喝完，微信里已经收到朋友一脸坏笑发过来的截图。

和我相亲的女孩在朋友圈晒出了这样一条信息：“你们绝对猜不到我的相亲对象是谁？要加他微信的私信我。”

我低头喝咖啡的囧照赫然配在文字下方。

从那以后，我痛定思痛，决定放弃这种浪费时间的活动。

“小龚啊，我认识一个不错的女孩想介绍……”

大叔搓着手正欲往下说，我抬头，露出标准笑容：“我不相亲。”

然后就没有然后了。

星座吐槽

一只羊认准的事几头牛都拉不回来。

健身？说走就走

我一直觉得，能长年坚持健身的人都不会坏到哪儿去。

爱她，就带她去参加泳池PARTY

身边许多人跟我抱怨，他们的健身大计总是刚刚起步就半途而废。我想，大多数人只是缺乏一剂醍醐灌顶的猛药罢了。

我是易胖体质，却又是一个无肉不欢的吃货。转业第一年，当我徜徉在“大吃省”的各路美食沉醉不知归路时，母亲忍无可忍地说了句：“你胖到这样就可以了。”那一刻，我审视着自己的腹肌变成圆滚滚的小肚子，原本宽松的制服裤子紧得勒出细痕，终于很不情愿地在人生字典里认清了“胖”字。体重秤上的数字显然已经触及我的底线，心中无限哀怨，我暗下决心，非减不可！或许你们都曾和我一样，因难以承受的体重而许下志向，却还是一脸傲娇地拒绝了所有关于健身的街头传单。美食诱惑当前，许多人都有诸多不得已的借口，甚至喊出“吃饱了我就节食”这类口号。我的经验是，明日复明日，明日何其多，天天都吃饱了你就胖了。

这样的拖延必定是还未“胖到痛处”。如果有一天我的另一半也胖到根本停不下来，我会天天带她去参加泳池PARTY。无须言语，没有什么能比满目玲珑的曲线更能刺激女孩的神经。痛定思痛与威逼利诱，我相信她会跟我并肩奔跑在跑步机上，双双瘦成一道闪电。

健身需要戳到痛处的强大动机，但并非一蹴而就。

甩掉器械恐惧：谁没有菜鸟的时候

初到健身房的人，往往会感觉无所适从。如果跑步机区域已有多人占据，即便有空余的机位，也还是望而却步。很多新人宁愿一个人躲到无人的角落里，把玩那些陌生的器械，用一副“我不是菜鸟”的冷漠表情伪装自己。

还记得我第一次站到跑步机前，不懂得如何开机，于是假装淡定地读起了贴在器械上的英文说明，一字一句念得煞有介事。直到后来旁边机位的大叔被我蹩脚的英文折磨得听不下去，过来“啪”地一下敲下了我面前的按钮，传送带的声音开始轰隆作响。

健身不需要自欺欺人的装腔作势，而是需要你实打实地放下架子拉下脸，和器械打成一片。如果因为陌生而畏畏缩缩，看看身边的肌肉男，谁还没有菜鸟的时候呢？

足不出户：给自己一首歌的跳绳时间

如果你始终觉得健身是件私隐的事情，不妨将健身场所扩展到任意一个你存在的空间。休息时在茶水间做做高抬腿，洗澡前在浴室的地上来几个俯卧撑，看电视的时候顺手拿小哑铃练练肱三头肌……健身就这样自然而然地渗入到生活的各个间隙。

没时间是许多人拒绝运动的借口，其实由零碎时间拼凑出来的契机，足够给你一个追求健康的理由。我曾经每天在家用一首歌的时间跳绳，一个月内成功减重 15 斤。

新手们无须害怕自己练得不够科学，所谓的“肌肉太多”、“小腿会粗”、“小腹反弹”，不如坚持下来再说。你要相信，肌肉哪里有那么好练的。

自己动手：给自己做一份健身餐

控制饮食是减少体脂、保持身材的关键。遗憾的是，健身餐的原则其实只有一个，少油少盐以及不太好吃。它们往往是白水煮过的鸡胸肉，新鲜采摘的青菜萝卜和玉米粒，不放盐也不放酱油，完全是原生态的味道。

不时自己动手下厨会为这种看似索然无味的饮食增添一点乐趣。自己到超市采购新鲜蔬果，手机上找个食谱就能按部就班给自己做一份简单健康的沙拉。当然，我偶尔也会在家给自己煎一块牛排，同样遵循少油和无佐料的原则，也许是做饭做出了经验，味道其实也不像大家想的那么糟糕。

不管是否能长期坚持健身，健康的饮食始终是保持活力不可缺失的一环。健身餐也许不对胃口，但总比胡乱节食靠谱得多。

犒劳自己：来一杯零度可乐

和很多人一样，我挚爱可乐、汉堡、薯条等高热量垃圾食品。即便在严格控制体重的现在，我依然认为，只有不时投入美食的怀抱，我在健身房消耗的卡路里才算物超所值。毕竟，健身不就是为了能够放心吃么。

然而，经验告诉我们，一般的新陈代谢根本难以消耗过多的糖分和热量，一顿放纵足以让你在跑步机上呆上一个星期。所以，每当从健身房饥肠辘辘地走出来，恨不得吃下一头牛时，我一般选择来一罐零度可乐。碳酸型饮料特有的气泡会在瞬间制造饱腹的假象，它既无糖，又能迅速补充因运动流失的水分，将膨胀的食欲迅速镇压下去。此刻也无须再担心自己会守不住底线向高热量食品伸出魔爪，让一晚的努力前功尽弃。

如果实在难以抵抗美食的诱惑，不妨选择在就餐时间健身，既躲开了健身房的高峰期，也躲过了那群约饭的“损友”。此外，就我个人而言，健身的过程中减少水分摄入能很有效地扼制自己的饥饿感。

减肥的确是场艰苦卓绝的斗争，但绝不是委屈自己，而是要学会控制自己的欲望。

一群志同道合的朋友比私家教练更有用

我相信，坚持健身运动的人多数都拥有一颗热爱生活的心，我也乐意与这样的人做朋友。

一开始，我和许多初入健身房的人一样，选择各自为战。所有的器械对我而言都是新鲜的，胡乱练一圈下来早已大汗淋漓，内心还颇有成就感。后来却发现，该练的地方没练着，不该练的地方反而异常发达。后来在跑步机上向一个哥们请教，他告诉我：“你可以在网上搜教程看看啊。”继而我一边在网上找来教程，一边开始和他切磋健身技巧，效果果然更加贴近我的设想。

其实，健身房就是个藏龙卧虎的小江湖，一个娇小可爱的女孩可能拥有超乎你想象的耐力，一个其貌不扬的大叔可能举起你无法驾驭的杠铃……那个跑步时奔跑在你左右的人，抑或是在你相邻位置抬起杠铃的人，相视一笑，寥寥数语，说不定都能为你指点迷津。

我曾经傻傻地为了吸引一个女孩，逞强举起一个超乎我承受能力的杠铃，最后僵持不下不得不仓皇结束；我也曾经好胜地与一个同为军人出身的家伙比赛划船机，3000 米的赛程划到最后脸色苍白青筋突起，连人带座椅从划船机上弹出……庆幸的是周围有这样一群志同道合的朋友，即便出糗，也无须伪装。

健身，应该说走就走，你总会在其中找到惊喜。

NIKE

NIKE

NIKE

TECHNOGYM

2.5KG
TECHNOGYM

22
LifeFitness
LifeFitness
22
LifeFitness
18

小二的独舞

在“龚大力”和“海关李敏镐”之前,我的绰号是“小二”。

小时候因为练习舞蹈，我参加了学校里的小白鸽艺术团。当时排演了一个节目，名字叫《王二小放牛郎》，我演王二小。演出结束以后，我就得到了一个朗朗上口的绰号——“小二”。

沉默寡言，性格很轴，这多半和学舞蹈有关。舞蹈是肢体语言，举手投足，眼神表情，合着节奏，借由身体去激荡所思所想。所以面对不太相熟的人,我不太愿意说话,总是喜欢沉默。

不练钢琴，就学舞蹈

小时候选择学习舞蹈，包括后来考军艺、成为舞蹈演员，很大程度上都是受我父亲影响。他充满文艺气息，钢琴和手风

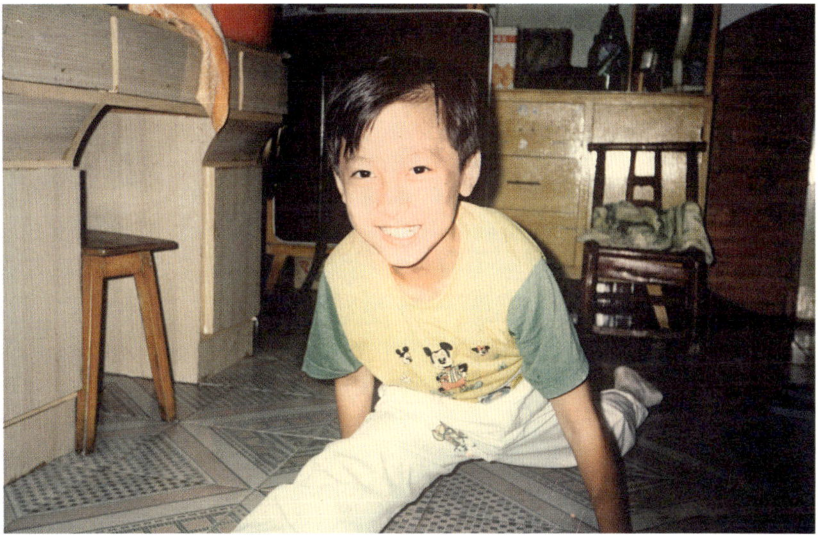

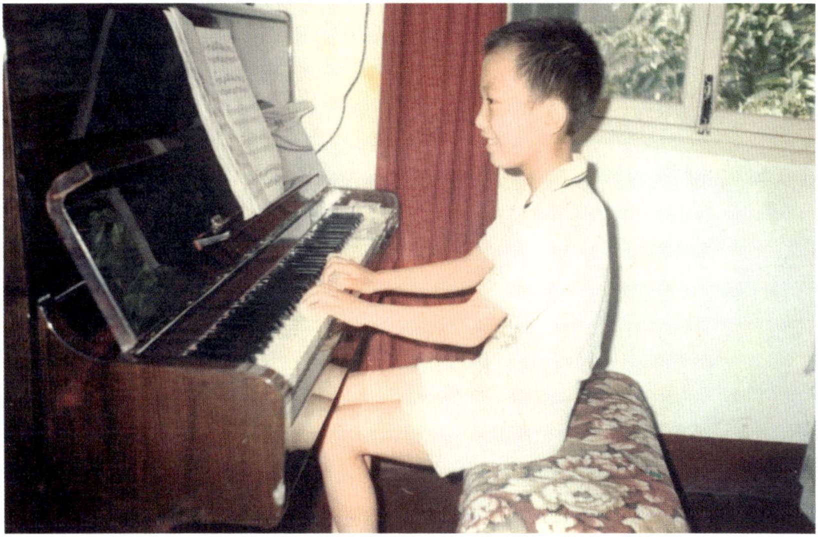

琴都弹得游刃有余。作为他的儿子，似乎理所应当地必须在文艺上有点建树。父亲自己教授钢琴，恰好有个相熟的朋友是舞蹈老师，于是他给了我一个命题——舞蹈或钢琴，二者选其一。

当时我学习钢琴其实已经有些日子。每日放学后，听着小伙伴们在楼下嬉戏玩耍，我却要握着鸡蛋在钢琴前面静坐。这对活泼好动的我来说简直是苦不堪言。所以当父亲给我这么一个机会时，我毫不犹豫地选择了舞蹈。即便当时我对舞蹈还没有认知，但我相信，只要不用再学钢琴，什么我都能学好。

没有谁生来就适合什么，往往这时候需要的，就是一种不撞南墙不回头的气势。

初练舞蹈的时候，我的柔韧性并不好。压胯是每天早晚必练的基本功之一，几十个小朋友，一个个像青蛙一样坐在地上，双手支撑两腿使劲绷直往两边掰，老师会按着你的腿使其尽量贴近地面。那种感觉就像骨头被硬生生掰开，各种呻吟哀嚎此起彼伏，许多一起练舞的小伙伴因为疼都哭出了声。

当时我想，他们能哭，我不能，学不好舞蹈就要回去“握鸡蛋”。所以即便疼得直冒汗，我仍然不哭不闹咬着牙关倒数规定的秒数。也因此，我总是给老师们一种特别能吃苦的感觉，每次老师都会指着我说：“你们看龚旭，从来不哭，也不喊疼。”如今想来，当初能坚持学舞蹈，钢琴也是功不可没的。

11岁，北京，母亲辞职，陪伴我到北京备考军艺。

军艺：一家三口的努力

我 11 岁时，父母决定让我报考军艺。他们说，要学就学最好的。也正是从那以后，我的童年里好像就只剩下了舞蹈。

父亲对我很严格。大年初一的早上，别人家的孩子穿新衣放鞭炮，拿着红包不亦乐乎到处跑，我却已经早起开始练功上课。一三五上大课，二四上小课，周末还要上文化课，培训班的地点散落在长沙各个角落，他不但会早起接送，还会在家认真监督我练习。记得当时我刚开始练习压横胯，180 多斤的父亲就能“毫不留情”地一脚踩在我的背上。由此我这韧性不好的身子才练就了一身扎实的基本功。

一年后，母亲陪我到北京，为备考军艺作最后的准备。军艺舞蹈系的考试分初试、复试、三试和文化课测试，每一关又分为若干个小项目，漫长的考核犹如唐僧带着孙悟空要闯过九九八十一难才可修得真经。每一阶段考试结束后，学校都会在一块大黑板上放榜，母亲领着我，一次一次挤在悲喜掺杂的人群里，在黑板上寻找着我的名字。每过一个关卡，她都会带我去享用一顿手擀饺子或找一个湘菜馆犒劳我，可每每刚刚吃完，就又要火速投入到下一场考试的复习中，不到最后一刻都不能放松。我们就这样一步一步，坚持走到了最后。

事情往往如此奇妙，等待“宣判”的过程比没完没了的练功和考试难熬得多。当时的高校录取还没有电话通知，所有考生都要回家等邮局寄来录取通知书。那段时间，我自觉天天到小区传达室门前报到，不厌其烦地排查邮差送来的每一个信封。半个月后，邮差终于送来了我早已想象过千万遍的那封信。而打开录取通知书的那一刻，我却说不出一个字来，恍惚觉得自己只是再次活在前一晚的梦里，愣了好一会儿才知道跑回家把通知书交给父母。

后来，我在《潇湘晚报》上看到了关于自己考上军艺的报道。当我看见父亲终于不再像看着丑小鸭一样看着我，而是若有所思地看着报纸上的报道，嘴角终于露出一丝可以称为自豪的笑容时，我觉得整个人的内心都被照亮了，一切的较劲、忍耐、等待、煎熬，都在那一刻被化解掉。

竞争：队伍前排的玄机

军艺舞蹈系的每一个人都是优秀的，因为每一个人都是过五关斩六将才来到北京，谁都想站在舞台的中央，不愿当阴暗角落里的人肉背景。

竞争是从站位开始的。群舞中，舞者所站的位置，所担任的表演角色，都会一次又一次地重新洗牌。角色越重要，老师编排的节和动作也会随之增多，最后谢幕的时候，往往能站在前排中央，连合影露脸的机会都会大大增多。

那时的我们都暗暗较着劲。班里只要有一个男生研究出一个新的舞蹈技巧，例如可以在一个八拍里连续翻四个跟头，就会让其他人如临大敌。于是第二天，就会有人在一个八拍里翻出五个跟头，或者研究出更加高难度的动作，发疯一样比拼着，乐此不疲。

当然，再想出彩，难免也有偷懒的时候。而且为了偷懒而激发的创造力更是惊人。繁复的舞蹈训练中，每一个动作都被我们找到了偷懒的方法。比如倒立时偷偷将屁股靠在墙上，蛇字形翻跟头时趁着老师低头间隙迅速地跑过去。

与此同时，保护自己，是舞蹈演员的另一个本能。舞蹈训练很艰苦，一场下来，每套动作都要重复几百遍，拿翻跟头来说，翻着翻着你就分不清脸上湿漉漉的究竟是汗水还是泪水，有时中途走了会儿神，一时忘记了翻到第几个，会惊得直接从半空中掉下来，弄不好就会骨折甚至瘫痪。因此，我们在训练中都会格外小心地保护自己。训练不能中断，队伍前排的位置永远不会空缺，其他人不会因为你的伤病而静候你赶上进度。相反，取而代之的大有人在，因为舞蹈，我很早就意识到了这种生存的危机感。

17岁，北京，在军艺的众多场晚会彩排之一，照片中间的是我。

赴军营演出：是舞者也是军人

军艺毕业后，我听从组织分配前往广东军区，成为一名文工团的舞蹈演员。从那时开始，我们分批前往各个军营演出，军人情节成为了舞蹈里最浓墨重彩的一笔。

分配演出任务时，有关军旅的舞曲总是让我们干劲十足。

印象中有一次，我们根据陆战队员的生活排演了一出舞台剧。那场演出，所有的舞台道具都是高度仿真的，两米多高的攀岩架，四个大汉才能扛起来的圆木桩，货真价实的的重型机枪。演出过程中我们要不停地跃起旋转，那些动作放在平时都十分费力，更何况双手还举着沉重的机枪。意外的是我们都异常专注，仿佛是第一次体验军旅生活一样。

每天，我们拉着粗糙的绳子在两米多高的攀岩架爬上爬下，期间还会有人工降水在头顶上不停地制造瓢泼大雨的即视感，那水反复循环，混着汗水早已酸臭不堪。有的战友双手被绳子磨破了皮，反复浸水后早已变得血肉模糊，仍像没事人一样，一次次扯着绳子爬上爬下，没有任何怨言。

我想观演的战士们是能感受到我们的诚意的，演出结束后，全场的战士都为我们叫好，我甚至看到了一些人落下眼泪。那是我第一次意识到自己除了是一名舞者以外，更是一名军人。

舞蹈于我：相爱相杀

我说话直接，爱恨分明，对很多事情，喜欢就是喜欢，不喜欢就是不喜欢，可是对舞蹈的感觉，三言两语很难说清。

舞蹈是我成长过程中最浓墨重彩的部分。它磨练了我，给了我一条相对单纯、方向明确的路，我知道我只要一直好好走下去，提干，转业，一切能按部就班地演进。

这也许是许多人羡慕的人生轨迹。在他们看来，我似乎轻易就得到了一般人想要的安稳生活。可是有多少人知道，为这条看似简单的路，我付出了怎样的代价。想起以前一起学习舞蹈的女生，每周一都要称体重，只要长胖了一斤，就要穿上厚重的“减肥装”，在大太阳底下绕着操场跑十圈。由于学习舞蹈，我们身上的骨头到处都是裂缝，体检医生看见 X 光片也被吓得不轻，问我们是否是运动员。这些裂缝势必会带来一辈子的伤痛，而大多数人却看不到这些辛劳和汗水，只看到光鲜的外表和无尽的掌声。

每个人都生活在各自的围城里，别人羡慕我的四平八稳，我却羡慕他人的跌宕起伏。我未经历过高考、公考的“生死厮杀”，也不曾遭遇过求职路上的冷眼歧视，这或许是一种幸运，也未尝不是一种缺失。即便现在回到长沙，除了家人我几乎没有认识的人，童年的玩伴早已散落天涯，而我的整个青春，都给了军艺，没有同窗，没有那些青葱校园里的嬉笑打闹，只有部队，只有战友。

有时候我会想，如果当年没有选择舞蹈，我会是怎样？又会在哪里？是不是可以像普通孩子一样，找一份离家不远的工作，长年陪伴在父母身边，为他们分担一些，这样我的父亲，是不是也可以活得久一些？然而一切的一切，如今想来都没有回头路可走。不管当初为何选择，既然做出决定，就只能走下去。

每个人的一生会与无数的人和事、无数的自我擦肩而过，选择 A 还是 B，或是 C？太多的纠结或许是成长过程中的必修课。做好当下的自己，总比懊悔感伤，更切实际。

找个靠海的地方

我早早离家独自一人在外求学，提干后随着文工团东奔西走，漂泊早已成为一种常态。如今我终于来到这个湿润的南方城市，这里有海，有美食，有一群志同道合的朋友，心中的家终于有了最初的模样。

北京：大雪是一份厚礼

有人问我，会想念北京么？我一时竟回答不上来，那种感觉太复杂。第一次到军艺报到，我一路在火车上兴奋得难以入睡。那是我长这么大第一次离开家，父母的陪同让我觉得是理所应当的事情。当时的我还未意识到，今后将有很长的时间要和他们隔着上千公里的山水。

到宿舍的时候，周围的陌生人都在忙碌着，大人们在收拾行李、置备床铺，与我一般大的小孩则笨手笨脚地递递抹布，帮些倒忙。我一个人干坐在硬邦邦的床板上发呆，父母告诉我他们要出去一趟。我盯着窗外迥异于家乡的高远蓝天，耐心等待着。可当耳边响起新兵集合的号角声时，我的行李却还放在柜子里原封未动，我的父母还没回来。我心急如焚，突然醒悟过来，他们不是去打水，不是去借扫把，也不是去买什么东西，他们可能是走了。把我一个人，留在这个人生地不熟的北京了。

至今，我还觉得，他们欠我一句郑重的“再见”。

2008 年，我随广州文工团来到北京，参加那一年的春晚演出。那是我最后一年为团里演出，能登上春晚舞台，多少也算完美落幕。我们是提前半个月到北京参加排练的，距上一次我毕业离开北京已有六年。当火车停靠在北京站时，我内心的紧张感竟然与上学时别无二致。北京像一个神秘莫测的黑洞，吞噬着你满腔的壮志豪情。以前开学的时候一个人回到北京，内心都格外沉重，就像刚在一个远离世俗的小岛上肆意欢乐过后，突然要面对荒凉得杂草丛生的现实大陆，又是单调高强度的排练，又要反复咀嚼想家的煎熬。北京明明那么人声鼎沸，可明晃晃的阳光照在身上，为什么却还是凉的呢？

所以，北京告诉我，要加倍坚强。春晚表演过后，我和几个战友相约，一同回学校看看。教室里还是有练功的学生大汗淋漓，老师的眉眼间多了岁月的痕迹，却还能清楚叫出我们的名字。操场边的毛白杨光秃秃地敞着枝桠，偶尔有归巢的乌鸦从天空嚣张飞过，宣示着它们才是这里永远的主人。昨日种种仿佛就在眼前，仿佛我们从未离开，时光也从未流转。

闭上眼，我还是能看见当年那场漫天大雪，闻到空气中那股清新的冷冽。作为一个南方孩子，我只见过长沙那略有些吝啬的零星小雪。初到北京的那年冬天，听说“晚来天欲雪”，我便彻夜未眠等待天亮。凌晨5点，天仍是灰蒙蒙的，我等不及推开窗户，外面早已一片银装素裹。我惊呼：“下雪啦！下雪啦！”屋里几个睡觉的哥们也腾地从床上跳起来。我随便扯了件外套，穿着拖鞋就冲下楼，感受第一脚踏上厚厚的雪地里深陷的感觉，仿佛还能听见微小晶体碎裂的声音。清晨的雪地里鲜有人的足迹，我就成了第一个破坏者。我一深一浅地在雪地里走着，雪洋洋洒洒地飘下来，我用冻得通红的手去接，去端详它们在我手里融化的样子。后来我兴奋地躺到了雪地里，四仰八叉，觉得万物静谧，而自己像是在做梦。

这是北京给我的一份厚礼。对于它的其他面目，我知之甚少。学校的位置在魏公村，地理位置并不算偏僻。可是军艺对学生外出有严格规定，每周只有周末两个小时的外出时间，而且必须双人结伴，还要提前跟班主任请假，并在规定时间里回来，回来后还要签到。向左走或向右走，我们都只有两个小时的活动圈，就像一只固定了半径的圆规，费尽心思也画不出更大的圆。所以，京城的繁华似乎都与我无关。麦当劳、肯德基成了我学生时代的奢侈品，唯一的美梦就是每周六晚的自助餐，指导员带着我们六十来个“小难民”，在学校对面的好伦哥餐厅里疯狂扫荡，用扎啤杯子装冰激凌，大盘大盘地装肉，马不停蹄地吃喝。那场面，就像一幕活生生的洗劫。

广州：我彻底自由了

极度的压抑过后，就是极度的疯狂。从京城到羊城，从北向南，我就像脱缰的野马一般，驰骋在广州这片繁花似锦的土地上。我仿佛从未见过大城市的真面貌，从极封闭、极单调的学校生活里醒来，一下子就被霓虹灯闪瞎了眼，让人不得不怀疑我以前待的城市究竟是首都还是穷乡僻壤。我一下子感受到了久违且珍贵的自由，周围的一切于我而言都是新奇的。我们成群结队地出门，由于都是舞蹈演员，出门前都本能地做好形象管理，于是在别人眼中我们就成了光鲜靓丽的“型男靓女”，路人频频回头，甚至有女生直接上来问我们要电话。我们在天河城一间间地扫荡商场，吃过满记甜品又叫上一份爆米花然后去看电影。以前好伦哥于我而言是天堂，现在我却可以肆意地在粤菜、湘菜、日本料理、西餐之间流连。记得有一次，我和几个战友一起去吃日本料理自助餐。当服务员拿着寿司菜单让我们下单时，我特别冷静地指着菜单说，除了这两个，其他各来一份。服务员吓傻了，一个战友在身边幽幽地说："你难道质疑我们的消化能力么？"于是我们在前台优雅地吃起了日本寿司，而寿司师傅在工作间里忙得满脸通红大汗淋漓。

其实，从我进入军艺学习之初，就知道自己早晚有一天会来广州，因为我们是定向委培生。广州就像一株长期蛰伏在心里的植物，有一天见了阳光便疯狂向上生长，直到开出妖艳的花。初到文工团的时候，住宿条件比较紧张，团里就把放置乐器的屋子收拾起来，十几个男生睡在一张大通铺上。这样的体验对我而言也是新鲜的。我记得自己总爱踢被子，每次半夜在大通铺上醒来，我都会发现隔壁战友蜷缩成一团瑟瑟发抖，他的被子此刻正严严实实地被我裹在身上。我们一起到华南理工的操场上打篮球，一起在宿舍里玩游戏，自由支配自己的开支，自主掌控自己的喜好。再也没有严厉的指导员会过来"搜刮"我们的零花钱，也没有宿管老师半夜拿着手电筒一间间查房，我是彻底自由了。说来也奇怪，初到广东的我，竟然没有半点不适应。即便是突然来到粤语方言区，我凭着自己的长沙话背景竟也能一知半解。广东早茶是精致可口的，粤语也是精深有趣的。那时候我们也迷恋古惑仔，也听千回百转的粤语歌。团里与我要好的战友是两个相声演员，他们都是土生土长的广东人。我跟着他们插科打诨，竟然在不知不觉间也学会讲几句蹩脚的粤语。不过真正下定决心认真学，是来到珠海工作的事情，当然，那是后话了。

珠海：唯愿面朝大海，春暖花开

我们时常接到慰问驻澳或驻港部队的演出任务。往来的次数多了，便自然而然地将罗湖口岸和拱北口岸拿来作比较。当时的我天真地以为，口岸应该都在城市的偏远地带，所以初次见到拱北口岸附近的拥挤繁华，我心想，珠海不错啊，市郊都这么热闹，市中心自然不必说。后来拱北海关到文工团招人的时候，我也怀着这样的良好印象报名了。

可当我被分配到拱北海关，天天在拱北口岸上班的时候，科里的老同事告诉我，这里就是珠海最热闹的地方了。

我石化了半天，吐出一句，我不信。

我是真的不相信，所以我还曾经大晚上一个人跑去新香洲、跑去体育中心，然后看见周围一片漆黑、车流稀少，这才发现，拱北确实热闹多了。可是拱北的热闹有太多市井气，珠海的商业圈又分散，往往相互之间隔着山得穿过隧道才能到。我内心生出了极大的失落，唯一的慰藉就是情侣路一带一览无遗的海了。还记得第一次从澳门参加完慰问演出经过情侣路，我们团的大巴刚在海滨浴场停稳，一车人就迫不及待地往海边跑，我从来没见过海，团里好多内陆的战友也没见过海，于是一群大男人边跑边脱衣服，然后一头扎进海里，在海浪间开始欢快地扑腾起来，全然不顾形象。

珠海珠海，全因为这片海，稍稍让我安心了一些。

刚到珠海，因为没有朋友，休息的时候一个人宅在宿舍里实在太无聊，所以我总是一下早班就搭上回广州的大巴，仿佛那里才是我生活的地方，这样的生活大概持续了半年。后来渐渐有了交际圈，我也开始发觉，珠海应该是我此生安家乐业之所。我告诉自己要适应这个城市，要去发现它的安逸和美丽，就像我逼迫自己学说粤语，只因为每日在旅检通道遇见的许多人都是不会说普通话的澳门大妈，我要学会粤语，因为我必须在这里扎根。

与珠海一水之隔的地方，就是澳门。当初我到珠海工作的时候，父母特别高兴，因为他们觉得这里天蓝水绿，是绝佳的养老胜地。父亲一度向往澳门的异域风情，几次提议前往，都因学校工作耽搁，直到过世也没能了却心愿。父亲去世后，我陪母亲去了趟澳门，包里揣着我父亲生前已经办好的港澳通行证。站在渔人码头，吹着咸咸的海风，我心下平静，仿佛父亲就在身边，我们一家人还像小时候一样一起出游。

唯愿面朝大海，春暖花开。我要在这个小小的城市里，平静踏实地过完这一生。但愿这一次，这个城市能接纳我，走进它的内心。

12 岁，军艺一年级，即将放寒假，母亲第一次来北京接我（照片中居右），也是仅有的一次。

擦肩

AS WE PASS BY

而过

擦肩而过

AS WE PASS BY

2 他人即地狱？

萨特说：“他人即地狱。”

人与人之间的关系，真如这般互相折磨吗？

在我看来，我们终究无法生活在没有“他人”的世界里。有了他人的目光，或许才能更好地审视自己；有了他人的干预，或许生活才不至于走向未知的歧途。那些出现在我生命里的人，也许与我曾经起过争执，也许与我曾经不欢而散，然而正因为他们的出现，才给了我更加丰盈的人生。

EVERLAST

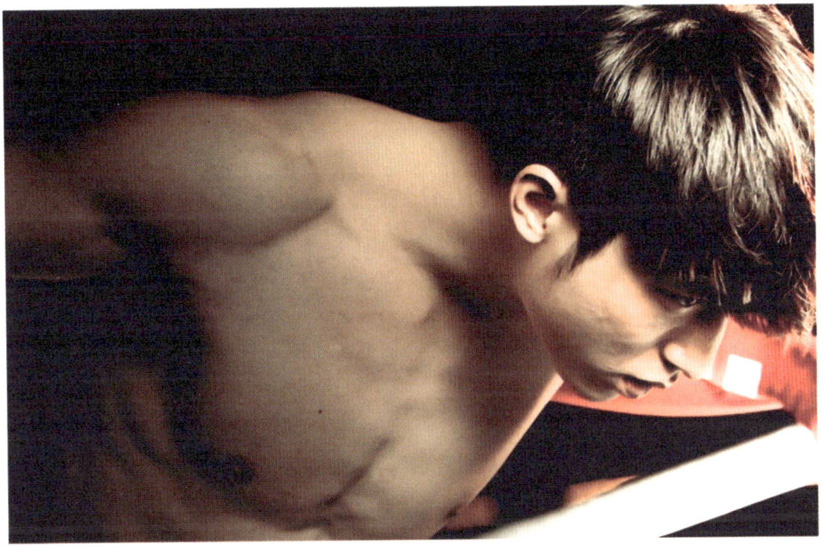

生活给了我一记左勾拳

如果人生是一堂拳击课，父亲是我最好的老师。

他的离开就像突然袭来的一记左勾拳，狠狠地打在我的脸上，带来数不尽的疼痛和哀思。最后的最后，还好我还记得他说过，如果不愿被打倒，就要在十秒内爬起来。

铁拳男人：会打拳的手风琴师

那时我一直不明白，为什么一个琴师会喜欢打拳。

我的父亲是一名音乐老师，幼时曾师承苏联乐师，琴艺在20世纪五六十年代老长沙的文艺圈里小有名气，还一度是市里唯一不看乐谱就能演奏的手风琴师。然而任这份履历听起来多文艺，熟悉他的人都知道，其实拳击才是父亲的一生至爱。

那时我一直不明白，为什么一个琴师会喜欢打拳。很久以后，一部电影让我明白拳击的意义，也终于让我开始略微看懂父亲的世界。

父亲出身在长沙一个普通的家庭，排行老三，是家中最小的男孩儿。当时物资紧缺，家里常常揭不开锅，连一块零花钱都要掰开五份由五兄妹摊着用。爷爷去世后，这个本来就只能勉强维持的家变得日益困难，我的大伯由此接过重担开始主持家务。我很少听父亲谈起这位兄长，仅有的几次，也都是浅浅地谈起幼时大伯督促他练琴的场景。

长辈们说，大伯是最早教父亲弹钢琴的人。为了操持家务，大伯自己放弃了学琴，也是从那个时候开始，他对这位学琴的幺弟管教得更为严格。冬日里，在大伯的监督下，父亲要把刚从雪地里拔出来的双手重新在琴键上弹出汗来才算合格。尽管如今听起这一切是那么的不近人情，但从亲自教导到四处请教师傅，这位兄长确实对幺弟尽心尽力，一路关照有加。可以说，当年父亲能在琴艺上有所造诣，除了自身的一点天赋之外，离不开这位兄长一路的鞭策和引导。

弹得一手好琴让成年后的父亲得以自力更生，甚至以此供养了自己的家庭。生活稳定后，这位琴师却爱上了拳击。他常常被电视上的拳击比赛吸引，每逢重大赛事，常常把我摁在身边陪他看到深夜。他瞒着母亲偷偷练拳，一身三脚猫功夫还确实派上过用场，曾经把为祸社区的小偷打得鼻青脸肿，让街坊邻里人人称快。

对于父亲来说，弹琴也许是生活所迫，拳击却一直是他自己发自内心的选择。记得电影《铁拳男人》中的主人公说过，拳击让他记住自己是谁，在为什么而战。而同样的，我想没有什么能比拳击更能提醒一位已经步入安逸的钢琴师，自己的父辈和兄长是如何一路奋战，带他走完那些人生中最艰苦的日子。

人才市场：最早的生存课

我年少时，常常不解一个问题，作为一个钢琴老师，我的父亲为什么从来不愿意亲自教我钢琴。长大后我才发现，一个父亲需要教会儿子的，绝不仅仅是一门手艺，而是作为男人最重要的独立与担当。

我很小的时候，父亲因工作关系很少能陪在我身边。五岁前，我基本上由妈妈和外公外婆轮番看管，而所谓的看管，也往往因我的淘气状况百出。三岁时因为贪玩不小心掉进自家门前的水沟，我一双手死死抓着上方的木板盖，身子悬空，地下的水足以淹过头顶，直到叫破了嗓子才被人发现。四岁时，我被野狗追着跑了三四公里，直到筋疲力尽放弃逃跑，而后被家人带去打了几个疗程的狂犬疫苗。可即使是这种状况，父亲也不会温情款款地安慰我，而是让我自己冷静，慢慢地我放弃了哭鼻子，学会了男孩子应该有的小坚强。

当然那时我还不知道，其实比掉进水沟和被野狗追更惊心动魄的是再大一点犯二时被父亲逮到。我曾自以为很有“艺术家气质”地拿小刀在家里辛苦攒下的钢琴上“刻鸦”，从妈妈的口袋里抽了五十块钱擅自去买心爱的玩具，种种“熊孩子”风格的大小事迹层出不穷，而后全部东窗事发。此时对于热爱拳击运动的父亲来说，教育孩子立刻变成了一项“体力活”。

我的父母在教育我方面擅长“混合双打”，各有各的方法。一般的流程是，母亲先打屁股，然后父亲把我高高举起并抛到软床上，两人轮番接力，直到认为已经给我留下足够深刻的教训。这个画面也许现在想来滑稽又诡异，但对那时恐高的我来说，父亲的“无痛环节”才真正戳中“痛处”。我可以忍受母亲打屁股时“脚踏实地”的疼痛，但被父亲抛到空中又掉到软床上的过程却给我一种难以言表的凌乱感，让我一度觉得“是时候和这个世界说再见了”。以至于后来，每每我不认真完成功课，在外头调皮捣蛋，最能震慑我的总是想起父亲“收拾”我的场景。

回想起来，父亲在教育这件事情上从来都是“心狠手辣”，不出手则已，一出手则必达目的。我一直忘不了那一天，父亲牵着我一路走在熙熙攘攘的人才市场，那时我 10 岁，由于密集人群恐惧症，一度被头顶上方的人流挤得呼吸困难。他低头告诉我，想变成他们吗？如果不想，就好好学习。从此我牢牢地记住了，不想挤在这茫茫的人流里，就要学习如何让自己难以取代，由此坚定了学习舞蹈的决心。

简单粗暴的他，虽然没有教我钢琴，但在独立自主和自律自强这些人生道理上却一直是我最好的老师。以最犀利和深刻的方法，他把自己身上最好的东西全都教给了他唯一的儿子。

父与子：从一根香烟开始的情谊

有多少父子间的友情是从一根烟开始的？

我年少时，一直觉得父亲与我感情不深，甚至一度认为，在这个家里，我们之于对方都不那么重要。

这种状况一直延续到我备考军艺，从那时起，以往早出晚归的父亲开始每日准时早起接送我参加各种培训班。每天早晨，我坐在父亲的自行车后座上，一路抓着他后背的衣服，即便我们俩谁都不说话，我仍然为这种少有的亲密感到兴奋不已。也正是在那个时候，我开始慢慢转变了自己对父亲的感觉。

离开长沙后，我与父亲的交汇点停留在每周我给家里打电话时短短的十来分钟。那时的我，会主动和母亲谈起学校里的生活，练功的进度，宿舍里的趣闻；可每逢父亲接起电话，我却只能扭捏着问出一句，我妈呢？出乎我意料的是，从前看着总是对我漠不关心的父亲开始吃醋，他抱怨自己只是我和母亲间的一个传话筒，实则两头都搭不上话。那时我才意识到，因为害怕父亲的训斥，我总是习惯性地逃避父子间的谈话，却不曾想过，也许父亲也有很多话想跟我说。

假期回家，父亲开始经常让我陪他参加各种聚会，甚至不时要求我在他文艺圈的朋友面前即兴表演个“节目”，一开始我不解甚至非常抗拒。可后来无意间听到母亲揭穿：“你爸到处跟人显摆儿子呢！”我终于确信，他是真的为我感到自豪，我十几年来的努力由此得到了最好的肯定。

这一切的一切，真正引发质变的是他递给我的那根香烟。那时由于高度的舞台压力，我开始向老演员一样学会抽烟。回家后，我没敢和父母说，为了抽烟总是东躲西藏，心惊胆战。直到那天，我做梦也没想到，父亲在晚饭后突然递给我一根香烟。我愣了一下，潜意识地接过，感觉他就像是我的一位老朋友。

从那天起，我们开始谈起很多父子间的话题，无论是对职业生涯的迷茫还是对爱情的向往，我发现他其实很懂我。慢慢的，我发现我有好多话想跟他说，对假期回家也有了期待。只是那时我从未想过，在这种期盼已久的亲密终于到来后，命运并没

10 岁，长沙的早晨，那时我刚刚开始学习舞蹈。

父亲拍摄的发型样图，一度被张贴在长沙大街小巷的理发店里。

有给我们留下多少时间。

爸爸：还没来得及好好说声再见

有没有一个人，你明明还有好多好多话，他却连一句再见的时间都没有留下。

我记得那一天，父亲开车送我到机场，一如既往，父子间一路的沉默寡言。到地方拎包下车，由于登机时间临近，我脚步匆匆地向出发大厅跑去，甚至没有来得及回头和车里的父亲说一句再见。那是我最后一次见到我的父亲。

没有和他道一句再见，是我一生中最后悔的事情。

父亲死于心肌梗塞，就像我的大伯、我的爷爷，都是一夜间突然离去。在我印象中，父亲身体一直不错，几乎没有因病踏足过医院。也因此，学校组织的体检他总是草草应付，大病小病都靠自己抓药治疗。他去世后，我一度气恼他对自身健康的掉以轻心，直到有一天我突然意识到，父亲走那年我 25 岁，冥冥中也正是爷爷走时父亲所在的年纪。目睹过爷爷离开的他不愿在医院停留，错过父亲离世的我夜晚从未再关过机，这一切并不是毫无缘由的。

我常常想，如果他还在我身边，我们该有多少经历可以感同身受。

我永远都记得25岁那年的腊月初四，下班后我拒绝了所有朋友的邀约，独自留在宿舍。晚上7点刚过，手机铃声响起，电话中母亲惊慌失措地喊着：“儿子你快点回来，你爸不行了。”我脑海里顿时一片空白，强作镇定让母亲冷静，先叫救护车。电话那头母亲反复地问我：“怎么办？怎么办？”

“怎么办？”我脑海里也只剩下一句，“如果再也见不到父亲了，我该怎么办？”

8点出头，我独自一人，空着手走在拱北街头，走遍所有车站仍旧没有买到一张珠海到广州的汽车票。那一刻我终于忍不住哭了出来。

我拦下一辆黑车连夜赶往广州，最后一班去长沙的火车却已于凌晨开走。那是一个何等漫长的夜晚，不敢住宾馆，我死死地等在车站门口，唯恐错过下一班早上6点的火车。我不断地问自己，为什么要来珠海？为什么要离开父母？整个晚上，我心急如焚地等着母亲的每一个电话。我不停地向上天祈祷，只求让我再见父亲一面，让我再听他说句话。

“儿子你不要急，你爸还在抢救，路上注意安全，我在家里等你。”母亲在电话里总是不断重复着这句话，她压低嗓音不断安抚我，可我却已经听到了电话那头亲属的哭喊声，我的世界里，天好像已经塌了下来。

即便心里知道父亲很可能已经离去，一下火车我仍然心存幻想地一路狂奔到医院，可那里已经见不到我的母亲，病房里也没有任何一个亲属。我知道男儿有泪不轻弹，可那次回家的路上，我仍然像个孩子一样哭了一路，脑海里满满都是我们之间的回忆。

门开着，家里的亲属围坐在一起，客厅中央放着父亲的遗照。母亲扑在我怀里："儿子你终于回来了……"

从那天开始，我成为了母亲唯一的依靠。

思念：如果你在看

如果你在看，我希望你知道我们都很好。

关于父亲，直到他离开前不久，我才慢慢开始理解他的世界。我后悔自己觉悟得如此晚，以至于现在有好多真心话却无处向他诉说。我开始思考，也许命运就是这样，面对至亲的离世，其实没有任何人能做一个完美的告别。

他走后，这个横跨 800 多公里的家中剩下我与母亲两人，我在这头，母亲在那头。那一年，母亲眼睁睁看着丈夫在她面前倒下，作为妻子，她亲手料理了一切后事。不久后的春节，科长让我回家过年，同事们自愿替我顶班，我永远都忘不了年夜饭时母亲边包饺子边流泪的场景。

假期结束我回到珠海重新投入工作，从此我每日习惯给母亲打三个电话问候起居，随身的手机再也不敢关机。我分不清那是出于父亲走后自己的惶惶不安，还是那仅仅是我想替父亲做到的。

那是一段最艰难的时光。双眼所见，通道上来来往往的人群里，凡是留着络腮胡的中年男人，我都觉得是我的父亲正在向我走来。我害怕见到他们，却又像上瘾一般不断寻找。我害怕独处，也害怕看见母亲眼里的伤痛，甚至淋浴时温热的水流也无法让我平静，一种难以言明的悔恨让我把浴室的墙壁硬生生捶出了一条裂缝。

这一切像让我发了疯，直到有一天再也过不下去。

我和母亲说："我不伤心了，你可以不伤心吗？"

她说："好，他肯定也是希望我们过得好。"

是啊，他肯定也是希望我们过得好。

我和母亲，我们一起经历了父亲离世带来的悲痛，也一起艰难地康复，重新振作起来。我常常在想，他怎么会舍得放下我们？如果有天国，他是不是在看着我？是不是还在为妻儿感到担忧？

如果天国是真的，如果他真的在看，我想告诉他："我们都很好，只是都有点想你。"

老爸老妈罗曼史

我不知道大家是否认真观察过父母间的爱情。大部分人在成长的过程中，能清楚记住的也许都是那些“父母与我”的点点滴滴。我们左手牵着父亲，右手牵着母亲，让他们中间老是隔着一个“我”。但即便如此，又有谁能说，他们不懂爱情呢。

初遇：一场舞会

我的母亲，年轻时长得和所有我喜欢的女明星一个模样。每当我给她看我觉得漂亮的女孩，她总是一边坏笑，一边号称自己年轻时就长那样。我说，个个都像你，你年轻时到底长什么样？

母亲从小喜欢文艺，尤其歌唱得很好，可成年后却顺从了外公外婆的意愿在工厂做了一名普通的文员。我时常想，也许是因为母亲始终无法割舍那种对文艺的热爱，才会让她在生命中最终遇到我那个看似文艺的父亲。

母亲说：“你爸年轻的时候是一个颇具中东风情的帅哥，追他的女孩儿坐在一起吃饭能凑好几围台。”我觉得其中很有夸大其词的嫌疑。因为在我看来，父亲充其量也就算得上是一个精神的帅老头，唯一可能迷倒几围女生的大概也只能是他弹的那一手好琴。

我的父亲母亲，是在 20 世纪七八十年代的一场舞会上相识的。基于长辈一些有限的转述，我想象中两人相遇时的情景应该是这样的：

我年轻的父亲在舞池边演奏手风琴，不远处的女孩在和某个不知名的小伙儿跳着华尔兹。一个旋转，接着一个旋转，也许在某一个意料中的转身，女孩和舞池边的琴师终于四目相对。那支漫长的舞曲过后，父亲放下琴，决定向这个女孩邀一支舞。

当然，也许真实的情景根本不如我所描述的那般完美，但作为一个爱情故事，那已经是一个足够浪漫的开篇。总之，四个月后，这个年方二十的女孩成为了他的妻子，后来成为了我的母亲。

最好的家：爸爸爱妈妈

了解我父亲的人都知道，他儒雅的外表下，一直是个不折不扣的大男人。他精通音乐，但更热爱拳击，是迈克·泰森的铁杆粉丝。在家里，他也习惯用传统理念中“大家长”的架势来教育儿子，严肃刻板，难以商量。直到后来我才发现，这个大男人一直有根软肋——我的母亲。

我上学那会儿，总觉得父亲是一个很“抠门”的家长。他是个老师，坚定地认为学生应该简单朴素，一心扑在练功学习上。可那时我还不懂事，正值青春期，害怕同学笑话，故而不时斗胆向父亲提出一些“任性”的要求，结果都被他判定为花里胡哨，没有必要。

“手机？小孩子家家用什么手机？”

“跑鞋？学生用不着这么贵的跑鞋。”

屡战屡败的我，在一番观察后终于总结出经验。如果我们一家三口组成食物链，那必然是父亲吃我，我吃母亲，母亲吃父亲。母亲向来很少干涉父亲的一些重要决策，但只要是她的意愿，父亲总是第一时间想办法完成。我在父亲这得不到首肯的事情，但凡“转移战场”先得到母亲的支持，父亲大多都会“放弃抵抗”，默许母亲为我操办。

9 岁，为数不多的一家三口的合照。

我当时呀，觉得自己挺通透，这么多年了，终于找到了老爸的软肋，甚至幻想着终于可以“农奴翻身把歌唱”了。而如今看来，我才明白那是父亲的聪明之处。孩子比较合理的要求得偿所愿，妻子印证了自己在丈夫心中的分量，卖了两个面子，自己还免了“陪逛”，乐得清闲。也因此，那么多年以来，我总是愿意亲近母亲，直到如今也习惯了不时陪她去逛逛商场，互相给对方挑几件衣服。

这是父亲给我上的一课，小朋友能得到的最好的家，永远不是父母的有求必应，而是让孩子看到，爸爸真的爱妈妈。

浪漫：一顿没有烛光的晚餐

有了孩子以后，父母的爱情总体现在一些细碎的生活琐事上。电视播广告时，老夫老妻间互相掏掏耳朵。买菜时，总惦记着找点对方喜欢吃的。之于“浪漫”二字，这些凡夫俗子的生活好像都不值一提。而在我所能看到的眼里，我父亲和母亲之间，虽然很少出现鲜花和珠宝，但他们确实懂得浪漫。

我很小的时候，父亲喜欢打麻将。那是长沙老百姓很普遍的一种爱好，大多不为输赢，只图个高兴热闹。说起麻将，我奶奶自己就打得一手好牌。家族聚餐时，吃完饭桌子一翻就是她老人家的牌桌，家里的儿孙侄子们热烈捧场，姑嫂妯娌也轮番上阵，逢年过节甚至通宵达旦，这在我家再正常不过了。

同样的，麻将也成为了我父亲生活中很重要的一部分。我记得那时，父亲为了贴补家用，白天在学校上课，晚上还要出去接单演奏，日子其实并不轻松。可不管他工作再忙再累再晚，他也喜欢下班后和朋友们打上几圈麻将，过过牌瘾再回家。母亲知道他养家糊口辛苦，所以也对父亲的这个小爱好一直保持着包容理解的态度。

她总说："随他去吧，他也就这点爱好。"

就此，每天晚上，大多都是母亲照顾我起居，督促我功课，父亲回家时我们大多已入睡。早出晚归，幼时的我一度不知道父亲长什么模样。虽然不曾抱怨，但父亲自觉对妻子有愧，也常常想着要弥补自己不在时母亲的失落。

想起小时候，我们家和大院里的邻里都相熟，邻居间既是同事，也是朋友。偶尔，父亲会让我到隔壁家叔叔阿姨那儿玩，实则是想和我母亲好好吃顿饭。我那时一直以为父母有事外出不能带我，直到有一天好奇心驱使偷偷跑回家，才发现父母俩人原来好好地坐在家里吃饭。桌上是普通的菜色，家里是普通的布置，只有母亲嘴角是我从来没有见过的甜蜜的笑意。当时的我气得转身就跑，只觉得他们自己吃饭为什么不带我呢？可如今父亲不在了，我不知道要用什么话才能描述那种场景是多么的美好。

真正的浪漫，也许不会有烛台，不会有玫瑰，也许只是想和你爱的人安静地呆一会儿，但那已经足够了啊。

我相信：世上有“不将就”的爱情

我愿意相信世间有“不将就”的爱情，正如我的父母为我树立的榜样。我曾经听过这么一段总结，爱情的路上，可以分为三个阶段：恋爱时，两人牵着手，心里只装着对方；为人父母时，两人都牵着孩子，心里又都装着孩子；孩子离家后，两人才能重新牵起手，那时，夫妻间才真正开始进入了白头偕老相伴黄昏的过程。

我认为，这个总结是贴切的。我长大后，由于工作学习的关系确实很少陪在父母身边。偶尔回到家里，才发现他们都老了，父亲逐渐胖了起来，母亲也带起了老花镜。远远看去，父亲就是一个留着络腮胡的热气球，母亲也开始两鬓发白，早已不复当年少年夫妻的模样。

母亲常常为父亲的身体状况感到担忧，肥胖所带来的一系列问题，包括高血脂、高血压，等等。做了一辈子湘菜的她，破天荒地开始做起了养生餐，粗茶淡饭，青菜小米，她用心控制着家里的饮食。但父亲总是有能耐让她精心打造的节食计划付诸东流。他不断用可怜巴巴的眼神和可怜巴巴的语气告诉妻子，我好饿呀。面对这种大男人所表现出来的颇为肉麻的依赖，母亲总是“不争气”地一再心软，也因此，父亲始终没有瘦下来。

后来，每每父亲有点什么事情惹恼母亲，让她生气，她就连连喊他“死胖子”。而据我观察，面对母亲的口不择言，父亲好像也从不生气，经常呵呵一笑就当没听见。偶尔真的恼羞成怒躲出去，也总在隔天若无其事地回家料理家务。我常笑他得了“吵架后必然失忆综合症”，但也明白，那不过是他在向母亲服软。

偶尔看到他们吵吵闹闹的样子，我觉得很有趣，严肃的父亲开始撒娇耍赖，温柔的母亲开始“颐指气使”，那都是我做孩子时没有见过的他们。直至如今，这些画面都清晰地印在我的脑海里，它们代表了欢乐，代表了爱，代表了我的家。

在我看来，爱情总有很多面。年轻时，父母之间的爱是依赖和包容；年迈时，是陪伴和牵挂。不论他们在这条路上走了多远，我感谢他们让我看到了爱情最真实也最美好的模样。也因为他们，我愿意相信世间有“不将就”的爱情，正如他们为我树立的榜样。

我是谁的Mr. Lucky?

某天，与好友把酒言欢，酒酣微醺之际，好友拍着我的肩膀笑道：“回想起来，你小子一路辜负的女生，现在都嫁得特别好。”我苦笑几声，突然觉得自己跟某部爱情电影里的男主角有惊人相似的经历，在电影中，他被人们戏称为“Mr. Lucky”，因为那些他曾经爱过的女生，最后都得到了幸福。只可惜，最后的幸福，都不是他给的。

友情以上，爱情未满

在军艺念书的时候，正是普通人上中学的年纪，一群男生练舞打架，血气方刚。班里60多号人，女生占了三分之二，个个容貌出挑。每晚睡前我们都会“卧聊”，其中一项重要的议题就是“最漂亮女生排行榜”，并且这个榜单日日更新，周周易主。我想，对异性懵懂的好奇与观察，也是从那个时候开始的。

记得那年学校迎新文艺演出的时候，一个大我一届的师姐坐在前排。演出间隙，她突然转过身子，俏皮地把手搭在我面前的椅背上，眼睛亮亮地看着我：

“哎，你们班谁叫龚旭啊？”

“……我啊。”我回答得有些木然。

然后她就笑了。

这样的相遇有点命中注定的感觉。后来我才知道她之所以会打听我，不仅因为我们的父母相熟，她更是我在长沙念幼儿园时的同班同学，有点他乡遇故知的感觉。她开朗而大方，无论在男生还是女生中，人缘都极好。认识她以前，出于自卑，我几乎从未和班上的女生说过话。认识她以后，我居然迫切地想与她接近，与她分享我的一切见闻与感受：上课看到谁翻跟头摔着啦，班上谁和谁拍拖啦，谁和谁和谁三角恋啦……这些看似鸡毛蒜皮的八卦小事，于我却是难得的谈资。在学校时朝夕相处，寒暑假时一起结伴回家。当时的我觉得一切自然而舒服，直到后来有一个熟悉的师妹提醒我，喜欢就在一起啊。

啊！原来是爱情。

我在长沙街头第一次牵过她的手，这一个无声的动作，仿佛宣告我们的友情正式向爱情进阶。我们在街上肆无忌惮地走着，却像早恋现行犯被当场抓住一样，路人纷纷侧目。后来，我们更喜欢呆在家里一起看电影。在一部爱情电影结尾处，我情不自禁侧过头吻了她。作为一个舞蹈演员，我别过头的姿势简直扭曲得像一个帕金森患者，不停颤抖，紧张得在大冬天里出了一头汗。还未讲几句缱绻的情话，房门就被老妈推开，她准确无误地做了我的初吻见证人。

这，就是我磕磕绊绊的初恋。

那时的我们，觉得北京的天永远很蓝，我们在一起的日子也一定会很长。没有想过别离，也没有想过未来会走向哪里，只是单纯地觉得两个人自然而然会一直在一起。然而，和所有毕业之后无疾而终的校园恋情一样，随着她的毕业，我俩的恋爱也随之草草结束。现在回想起来，每一段戛然而止的青春序曲，或许都少不了白衣单车，少不了甜言蜜语，但最终的最终，还是如分叉的河流，朝各自的方向奔腾而去，来不及解释，也来不及惋惜。

每个人的青葱岁月里一定都有这样一个笑容清澈、眼神干净的人，她曾经告诉你爱情最初的模样，无论在今后漫长的岁月里，你将遇见怎样的人，提起她，依旧念想。

少不经事时，我爱你最好的容颜

我曾经固执地坚持，我找的女朋友必须漂亮。

大体因为从小身边学习舞蹈的女生大多面容姣好，所以我对“颜值”的要求一向很高。在军艺念书的时候，尽管平日里都穿着军装，但一到周末，大家就像较着劲儿一样开始用心打扮。习惯了女生穿军装千篇一律的感觉，一到便装日，你会发觉她们像一块块被开采的宝石，在黑暗的地下沉睡了好久，突然一下子发出了灿烂夺目的光。马尾、短裙、淡淡的妆，她们只是在眼前若无其事地走来走去，而男生们的眼神就好像移不开了一样。我觉得，女生就应该是这般炫目的。

后来，我认识了一个钢琴师，她的出现同样惊艳。在一场灯光博览会上，我和舞美师傅参观完出来的时候，天色已晚。她坐在展厅的中央旁若无人地弹着钢琴，指尖飞舞，表情淡然，灯光打在脸上，美得出尘。

当然，那时我的小师傅视力远比我好。百般威逼利诱之下，我答应了师傅上前向女生要个电话。我故作深沉地摆出一个造型，趴在她的钢琴上，她抬头看我，我脑海里瞬间一片空白。她继续弹着手上的曲子，问我：“你想不想弹啊？”我说：“下次吧。”沉默而奇妙的对视，我坚持着那个尴尬的姿势，趴在钢琴上，忘了要电话，只是呆呆地看着她。

火光电石间，我想，这大概就是传说中的“一见钟情”。

直到现在，许多人仍好奇我理想中的女孩究竟是什么样子。少不经事时，我爱如花的容颜；在经历诸般纷纷扰扰之后，我更加向往那样一种在恰当时间遇上恰当之人的契合感觉。有人曾说过，在命定的恋人出现以前，你或许有成千上万条择偶标准；但那个人出现以后，一切标准都会成为一纸空文。我就像一个落入爱情困境里的情报员，不停向外发送求救信号，有一天，终于有个人翻山越岭而来，把破解的密码写在纸上，告诉我，原来她也在这里。

爱她，想把她装在口袋里

一开始，我并不知道“占有欲”为何物。

当时的我还是个毛头小子，我无法忍受其他男人经常回头看我的女友，不喜欢别人赞她漂亮，更不喜欢她身边总围着几个男性朋友。如果他们相谈甚欢，我会眼红会吃醋甚至会发飙。如果可以，我想把她自私地揣在自己的口袋里，任谁都看不见。

这样强烈的情绪让我烦躁不安，甚至曾经潜意识地开始左右女友的穿衣风格。我曾经在单位的合唱团结识一个女生，她出生于一个传统的知识分子家庭，和我一样学习过舞蹈，加上工作性质相同，我们有很多共同话题可以聊。女孩容貌姣好，走在路上常常是众人眼中的焦点。像是意识到了危机一样，我开始暗示她不要选择衣着暴露的裙子，甚至在陪她逛街的时候百般热情地提供各种穿衣配搭的建议，一番引导性的赞美之下，最后抱回家的自然都是我最喜欢看她穿的衣服，端庄温婉中又带着点学生气。有一天她像是发现了我的企图，笑着质问我，为什么我帮她选的衣服都是一个样子。我故作镇定地告诉她，明明就有很多不同的颜色。

可是渐渐地我发现，这段看似甜蜜的感情也并没有成功走远。

后来，我遇见了另一个女生。家庭殷实，外形良好，明明可以是个高傲的公主，在爱情里却偏执地怀疑我的外形可能招惹“桃花”。或许是因为敏感多疑，在我出差的每个晚上她都要求视频。我们生活在同一座城市，她放弃午休时间来回驱车一个小时，只为确认我真的在家。易地而处，当我困扰于恋爱带来的束缚时，我才明白当年的自己是多么的幼稚和偏执。试图占有的理由有许多，有些人因为不安，有些人因为自卑，最致命的伤莫过于怀疑。就像墙面上不经意出现的裂缝，如果没有信任缝合填补，日复一日蔓延开来，总有轰然倒塌的一天。

走向婚姻并不等于赢得爱情

父亲在世的时候，总是不住地在我耳边念叨：“谈场靠谱的恋爱就把婚结了吧。”似乎一切不以结婚为前提的恋爱真的只是耍流氓。然而，有时候并不是我们爱得不够认真，只是现实往往比预想残酷许多。

异地恋是爱情的致命杀手。我曾经有一个相处了两年的女朋友，只因部队转业我被分配到珠海，而她的父母坚持让她留在广州，我们被迫分手。我见过女孩的父亲，在他看来，我是个一无所有的穷小子，而他自信他的女儿定能嫁一个比我更好的人家。当时的我问自己，你什么都没有，凭什么要一个女孩背井离乡跟你去闯？于是我胆怯了，但在懦弱逃离之余却仍作意气之争。女孩父亲的偏见强烈刺激了我的神经，我固执地告诉自己，又不是非她不可。

在最后别离的时候，我潇洒地挥手告别，不想回头也不愿挽留，仿佛只有这样自己才可以不受伤。她在最后的时刻也是倔强的，像开始时一样，义无反顾地走近我，又义无反顾地离开我。她默默地收起所有会勾起回忆的小物件，告诉我，她以后会嫁一个很好的人。

明明曾经相爱的人，为什么最后还要用不可一世的倔强，朝各自的软肋再下狠狠的一刀呢？如今想来，觉得自己傻得无可救药。

后来，我辗转得知，她已嫁人，有了孩子，笑容依旧甜美。

父亲去世之后，我急切地想结婚、想建立一个自己的家庭，仿佛只是为了完成父亲未了的心愿。我并不是没有遇见适合结婚的人。那个我曾为她大打出手的女孩，其实我们曾经一度谈婚论嫁。

那时候我们都住在单位的单身宿舍，条件并不好。我们用简易的厨具做饭，这种柴米油盐的生活稍稍驱散了父亲去世后我心中的阴霾，让我感觉整个人落到了实处，很温暖也很安全。没有什么轰轰烈烈，也没有什么感人至深，只是在日日相对中衍生出深厚的默契，相伴相知不过如此。

我天真地以为，离婚姻很近了。可是唯独有爱情，是远远不够的。

女孩的父母将她视为掌上明珠，而我文工团的背景落在别人眼里，就像是一个轻浮的污点。一个学跳舞的男人，即便来了海关，能有什么出路？当时的我没房没车，像这个社会上许多初出茅庐的男青年一样，局促不安地接受着来自女方家长近乎苛刻的审视目光。他们追问我："你能给我女儿怎样的未来？"

而父亲的去世，无疑加深了女方父母的担忧。他们担心我会爱母亲胜过爱他们的女儿，他们担心家庭的缺失会让女儿将来的婆婆变得严厉刻薄。这一切的一切像一把把利剑插在身上，我感到屈辱和愤怒，却在即将爆发的一刻从女孩的目光里看到了痛苦和煎熬。我想，她是希望我和她一起抗争、一起去抵抗现实的阻挠吧。可是我却让她失望了，因为我又一次临阵脱逃，彻底让她凉了心。

终究没能做到，爱她胜过爱自己。我又一次问自己，通往婚姻的道路，如果没有物质铺就，光凭爱情又能走多远？

这显然不是我一个人的难题。

如今的我，已近而立之年。我的许多粉丝都亲切地叫我“叔叔”，这个称谓时刻提醒着我，别再傻头傻脑莽撞冲动。周围单身的同事都在积极地参加联谊与相亲，他们说，可以先结婚后恋爱。我一度认为，相亲不失为一条走向婚姻的捷径，虽然有些简单粗暴，却能快速匹配双方条件，避免一些不必要的弯路和挫折。

可当我疲惫地奔波于各类相亲现场时，母亲却一语点醒梦中人：

“去等你真心相爱的女孩，我不想十年二十年后再听到你抱怨，当初如何向生活作了妥协，勉强走入一段不如意的婚姻。”

其实，她一直以清醒的姿态旁观着我的爱情。她说，会无条件地支持我选择喜欢的女生。我知道，她是怕我因为顾忌她而伤害别人，错过值得珍惜的人。她说：“就像我和你爸爸一样，找一个爱你也值得你爱一辈子的人过活吧。”

人生，还是应该认认真真勇敢爱一场。

我是一个兵

他们说，文艺兵不是真正的军人。

我说，虽未出生入死，却知英雄本色。

自由是件奢侈品

“自由”在很长的一段时间里对我而言，近乎奢侈。

在军艺念书的时候，绕着学校的围墙走一圈，只需要 30 分钟。在五年的军校生活里，学校的操场已被我们丈量过无数次。好不容易到了周末“放风时间”，外出也只有两个小时。我们走到离学校最近的商场至少都得 40 分钟，北京城那么大，我还未真正领略它的风光，便不得不打道回府。因此，我对北京全部的印象，都停留在了魏公村。

我们一度绝望地认为，要在这狭小的空间里永远封闭地呆下去了。谁都没想到，毕业前，学校给我们安排了一场外出慰问退休老干部的演出。听到这消息的我们恨不得下一秒就冲出教室，对天空高喊一声：“教官我爱你！”

能离开这紧箍咒般的校园，简直比天上掉馅儿饼还能让我们高兴啊。

还记得表演的前一夜，我们住进了宾馆，仿佛到了一个不知名的天堂。大家吃着零食打着牌，看着久违的电视。男生们在床上来回地打着滚，女生们兴奋地聊了一整夜。第二天，所有人仍然像打了鸡血一样卖力演出。平时翻不了那么高的跟斗，那天似乎轻而易举就可以做到；平时一个八拍只能翻六个跟头，那天恨不得多翻几个。自由来得猝不及防，我们满心欢喜，感动得几乎要落泪。

那时的我看来，自由最大的敌人，莫过于纪律。可当我终于可以肆无忌惮地走在街上，逛任意一家商场，吃任意一种美食，无须报到签名，没有时间限制时，我却又开始怀念，那身在军营的日子。

泥泞上的舞步

在部队，有一种坐立不安，叫紧急集合。号角一吹，不管

12岁，北京，军训之前，中间一脸郁郁寡欢的我，刚刚发现来送站的父母早已悄悄离去，车外一位同学的家长拍下了这张合照。

你正在床上呼呼大睡，还是顶着满是泡沫的头发，都必须在规定时间里迅速集合完毕。作为文工团的成员，一旦接到演出任务，我们必须以最快速度收拾好行囊，等待出发。

车没日没夜地开着，载着我们驶向未知的前方。不知在哪个荒郊野外，直到喘着粗气的尾气管濒临罢工，疲惫不堪的我们被喊下车。列队，整装，出发！团长一声令下，就算已被崎岖的山路颠簸得筋疲力尽，也得勇往直前。徒步近一个小时，我们终于来到即将表演的舞台，是一支野战部队的训练基地。

所有人，都被眼前那一幕惊呆了！

炸弹，在距离野战兵十米左右的地方轰然炸开，泥土瞬间糊上了他们的脸，模糊了视线。轰鸣的爆破声震得我们不自觉地后退，他们依旧无动于衷地伏在战壕里，扛着枪瞄准前方；高压水柱冲打下来，一个个战士用早已出血的手抓着绳索竭力向上攀援；两两战士扛着巨型木桩在泥地里奋力向前小跑，穿梭的子弹就在耳边……这一切都在枪林弹雨中进行着，硝烟弥漫了整片丛林，活像一部血淋淋的战争大片。

那种命悬一线却毫无惧色的勇气如巨大的海浪汹涌地拍过来，让我折服得近乎窒息。一颗担惊受怕的心在特种兵团长的一声“演练结束”下，终于得到了救赎。

场面平静了下来，我们团长过去传达了上级安排过来演出的命令，希望能给腾出点时间，让我们为战士做个简单的表演。“这种环境下还表演个啥？”特种兵团长很为难，他们的时间并不多，没空等我们搭舞台看表演。

“我们就在泥地上演！”团长诚恳地说。

“好，那就边吃饭边看表演吧。”为了不耽误训练，特种兵团长吆喝了一声“开饭”，战士一个个跳进了泥潭。团长一把把抓起馒头等干粮扔到泥潭里，战士们捡起来就往嘴里塞，每个人的脸上面无表情。

就在泥潭前的一片泥泞地上，我们硬着头皮把它变成自己的舞台，泥泞下的舞步虽显笨拙，但不掩真诚。与其说这是命令下的习惯性表达，还不如说这是敬畏下的真情流露。

随着演出的推进，战士们僵化的脸稍微舒缓了下来，绽出了点点笑花，这让我们颇有成就感。我第一次真切地感受到，我和他们，是在一起的。

只为一个兵的演出

被大自然遗弃的孤岛，绝不该成为我们遗忘的理由。

每年，文工团都会组织到边防孤岛慰问演出。遗憾的是，我并未踏足边远的小岛，只是从上过岛的战友口中获知远方孤岛的模样。他们说得投入，我听得难忘。那是一个遥远的小岛，遥远得逃离了想象的束缚。只要上面有一个基站，就必须有一个战士驻守。军令如山，没有讨价还价的余地，一个人上了岛，一待就是好几年。而在那个被遗弃的小岛，淡水并不能自给自足，军区每个月来一趟的补给船总是让人望穿秋水。偶尔遇到台风暴雨，迟来的补给船会让人沦落到看天吃水的地步，一见下雨，守岛的战士总会条件反射地赶紧把水桶脸盆都拿出来。

虽然有太阳能电池供电，但电压从来就没有稳定过。炎热的夏天，电风扇常因电压的原因不听使唤，守岛的战士只好躺在草席上摇着扇解热。勉强收到的两个电视台常年伴着雪花，想知道外面的世界正在发生什么，简直就是一种奢望。四季吹拂的海风又让守岛的战士与风湿结下了不解之缘。然而，比起种种困难，最大的敌人，是寂寞。高兴时痛苦时，都只能一个人扛着。

但就是这样一个孤岛，上去了，就没听说哪个战士退却过。

心怀崇敬，我的同事们带着一年一次的演出慰问任务上岛了。迎接他们的是一个年轻的战士，拉不开欢迎的横幅，也就省去了最不起眼的礼节。年轻的“岛主”兴奋得拉起他们的手，脸上乐开了花，那笑容里有见到亲人的欣喜，还有鲁滨逊突见生人的难以置信。他带着他们绕着一览无遗的小岛来回走了好几圈，喋喋不休地介绍着那里的一沙一木、一花一草，仿佛积压在心里好久，恨不得一下子全都说出来。

夜幕降临，一个人的观众席，一群人的舞台。战友们点起篝火，为年轻的战士精心准备了一场演出。一个人可以为一个岛奋不顾身，一场演出也理当为一个人私人定制。我们能做的也仅此而已。上岛的战友回忆，当时一曲《烛光里的妈妈》，让年轻的战士哭回了孩子的模样。

祖国广袤的国土上还有多少这样小得在地图上都找不到的小岛，我们的战士默默地守卫着它们，却不为人所知。远离了亲人和故土，每个战士的心中何尝没有一座孤岛？每每想到这些守岛的边关战士，我会心怀感恩，自己已是如此幸福。

再迷恋的军装，都有谢幕的时刻

总有这么些时刻，因为不舍，总想躲开。躲得开短暂的烦恼，却躲不开时间的消逝和最后的离别。

离开文工团的最后一场部队演出，来得比想象中快。对于这场不可避免的分别，我似乎并未放在心上。那天我起了个大早，穿着件背心，靠着阳台的铁栏杆啃着苹果，看着对面的一群师弟师妹正在做早功，像无数个清晨一样，并未看出太多的新意。“你在桥上看风景，看风景的人在楼上看你”。曾几何时，我也是那个每天起早贪黑练功的人，而如今，我却成了“隔岸观火”

的旁观者，看着别人重复着相似的生活轨迹。转身进屋的瞬间，只感觉，那一眼，可能已成永远。

在宿舍里熨好当晚要表演的军装，当时大家都各自忙着转业，眼前可以见到的战友并不多，我对下铺的小胖说，出去晃一晃吧。两个人路过兵营，在食堂里吃了个早餐，最后躺在训练场，谁都没有说话。望着清澈的天空，有股再也看不到这一切的心酸感急急涌上来，我想努力记住些什么、抓住些什么，以便作为生命中文工团最后岁月的佐证。

晚上演出的最后，是一曲大合唱，照例是《送战友》。当成千的人合唱同一首歌，感染力会被无限放大，离愁别绪铺天盖地，漫无边际。死胖子把脸埋进我胸口，泣不成声，临走前还不忘抓起我的衣领，擦干眼泪。

这份亲兄弟般的亲密，在那晚之后，就要分开了。而那身让我迷恋多年的军装，也终究要褪下。因为这身军装，我赢得了他人艳羡的目光；因为这身军装，我从父亲那里收获了第一份称赞；因为这身军装，我结识了一群患难与共的战友。那一夜，我跟小胖整理好脱下的军装，整整齐齐放回了衣柜，仿佛是一个庄严的仪式，一场郑重其事的道别。

只是一个转身之后，灯光渐渐暗淡，青春终要散场。

惺惺相惜的永远是一群“逗逼”

无论出于际遇或选择，每个人对新环境总有自己的期待。这些期待往往稍纵即逝，因为现实接着扑面而来，往往比想象中更精彩。

如今再回想，我早已忘记自己对海关最早的预期是什么。但可以肯定的是，来到这里之前我从未想到，与我惺惺相惜的，居然都是这么一群“逗逼”。

YOYO：一不小心就笑成黑人牙膏

我与 YOYO 在一场足球比赛相识。那时我刚刚转业，凭一副身强体壮的模样混进了关里的足球队。YOYO 坐在我身边，脸上带着一副书生气十足的近视眼镜，皮肤黝黑，身材干瘦。

我问他，你来做什么的，他说他来踢足球。我顿时笑了，你不怕被球踢飞？他咧开嘴，给了我一个无比灿烂的笑容。

后来，与大多数武侠小说描述的一样，英雄都是低调的，渣渣都没有好下场。那场球，要被YOYO的球踢飞了的是我，我没有想到这个黑瘦黑瘦的小个子踢球时居然那么有爆发力。

后来我越来越发现，他是个非常有趣的人。除了黑人牙膏式的经典笑容，这个黑瘦的小个子还具备了许多我梦寐以求的技能，例如很会“说话”。即便我说话时他经常神游太空，似懂非懂，但他自己却非常会说，无论是粤语、英语，还是葡语，都能侃侃而谈，偶尔还像一支收不住的水龙头，停不下来。他的这项技能在旅检工作中尤其重要。每逢遇到外国旅客和各种“疑难杂症”交杂，大家都找YOYO。对他来说，与外国人沟通的能力似乎与生俱来，唯一的问题是他可能会和他的外国“老乡们”聊得太多。

我常常和别人说，我的英语是舞蹈老师教的，我的粤语是湖南人教的。说的更具体一点，同为湖南人，我的粤语是YOYO教的。热情揽下这个任务后，我的这位同乡一个字节、一个字节地教我粤语发音，认真对我解释每个广式词语的意思。如今我的粤语早已比我在广州时好了几倍，甚至很喜欢在微博上用粤语和大家聊天，这都得益于我这位“粤语”师傅。

我与 YOYO 相识于这片绿草茵茵的足球场。

超高的语言天赋、黝黑的皮肤、脱线的性格，一度让我觉得我的这位兄弟也许不属于这个国家，甚至不属于这个星球。说来好笑，我的直觉总有一个是对的，几年后，YOYO 被选调外交部，去了非洲。我笑言：“你这也算是落叶归根了。”

这么多年下来，我一直认为他是我在珠海最亲密的好友之一。YOYO 的老婆经常打趣，说他是我的“网管”，我在珠海最重要的男人。回忆我们的这段情谊，以前一起住单身公寓，电脑坏了，他就在我楼下；后来他搬走了，我选择在他同一个小区安了家。无论他在珠海还是异国他乡，我们的感情一直没有变，每当我说：“嗨，你该来我家了。”我的这位“非洲”兄弟总是第一时间心领神会，问我：“电脑又怎么啦？”

ROGER先生：“圣母情节”晚期病人

ROGER 是一个骨子里散发着幽默感的人，每个表情都有戏，每句话都有梗，每次做好事都是“不达目的死不罢休”。

刚刚转业时，我不太主动与同事交际，生活中习惯独来独往。这位不过比我年长几岁的师兄，当时在关里负责组织团员青年工作。他最早找到我，看似有意无意，实则死乞白赖地拉着我踢球，终于创造契机让我打开了自己的“小圈子”，有了一群志同道合的朋友。后来我发现他并非光是这么对我，面对所有陷

ROGER 先生：温暖与犀利兼具的“圣母情节”晚期病人。

入困境的同事，甚至面对那些未曾相识的患病儿童，他总忍不住“多管闲事”。

每天早晨，他来到办公室第一件事是磨一壶咖啡，号称比“星巴克”更好喝，但喝过他咖啡的人都必须捐上几块，为他关注的那些患病儿童募集善款。他在朋友圈里碎碎念，在大家开会走神时发起“一起捐”，见缝插针地给我们灌输一种“公益可以是一件日常小事”、“少吃一碗牛肉面可以捐十块钱”的慈善理念，不给我们任何喘息的机会。

而这一切“症状”，足以让他被我们判定为——“圣母情节”，晚期。

我做了很多年的舞蹈演员，但ROGER是第一个让我思考“艺术”二字的人。所有形式的文艺工作，归根到底都是为了给观众带来美感和愉悦，在这一点上，我们拥有最基本的默契。我听过他主持的晚会，看过他排演的话剧，甚至亲自参演过他导演的微电影《旅检一二三》、《旅检二三四》，它们都有一个共同的特点，温暖而犀利。2015年春节，他牵头拍摄的《闸口海关快闪贺岁》突袭各个视频网站，传遍大江南北，平日里跳脱嘴贱的他，在领导表扬时却变得沉默寡言。回过头来，他和我们说，拍这个的初衷不过是想到大家都不能回家过年，想让春节上班变得不那么糟糕，再自我抬高性质就变了。许多人都说，他是一个有趣的人。东北人的仗义张扬，相声演员的幽默风趣，主持人的伶牙俐齿，团工作者的细致敏感，通通在他身上表现得淋漓尽致。而我觉得，对于ROGER来说，即便一身才华夺人眼球，归根结底只是一个简单温暖的人。

他不想为点什么，也害怕我们总想让他为点什么。很多事情也许他还没有想明白，但这并不影响他“一意孤行”地去拍那些能感动自己的视频，去帮助那些自己可以帮助的人，也许仅此而已，在我看来却很不简单。

湛怡：主动“下凡”的美女关员

熟悉我的人也许都会知道“金威”，一只金毛巡回缉毒犬。而这里我要谈的是“金威”的搭档——湛怡。湛怡是缉私局的一位师姐，是“金威”的训导员，而“天天向上”节目面试那天，也正是她的一句“他长得像李敏镐”让编导开始注意起我。

精致的妆容，干练的身影，很多人只知道她是海关缉私局的一位警花，是缉毒犬队的一员干将。然而，少有人知道，这位漂亮的警花，大学里学的是热门的广播电视编导专业。她曾经是海关宣传一线的核心骨干，甚至在全国打击走私展览中被选中到北京给总理作讲解。而后因为一心爱犬，主动申请成为一名缉毒犬训导员。从脑力劳动到体力劳动；从围着领导转到

湛怡：美女缉毒犬训导员。

湛怡与“金威”战友情深。

我与“金威”的第一次亲密接触（注：此照片来自龚旭微博）。

围着犬转；从每件制服都要烫出线的办公室“白领”，到每天一身狗毛、口水、泥点都不以为然的“屌丝”……环境的改变巨大，全身投入的热情却一如即往。熟悉她的人都知道，湛怡姐不但爱自拍、爱漂亮，其实更爱狗，家里的“壮壮”，犬队里的“金威”，都是她嘴里时常谈起的宝贝。

我还记得她与我描述“壮壮”时的神情，就像在描述一个心爱的小朋友。她说，“壮壮”很乖，只吃她喂的粮，陪她出门，超市不许宠物进门时，它就自己乖乖地呆在门口，两三个小时都不会走开，一直等到主人回来。

如果说“壮壮”是湛怡姐家人，“金威”则是湛怡姐名副其实的战友。2012 年，经过层层筛选后，单位从国外引入一批新的缉毒作业犬，其中就有一只年仅两岁的金毛巡回犬。湛怡姐接下它，给它取名“金威”，从此多了一个与她朝夕相处的战斗伙伴。一人一犬，一个指令、一个指令地互相磨合，共赴一次又一次的实战训练，直到“金威”变成今日英姿飒爽的模样。

她曾说，“金威”和“壮壮”都像她的孩子，只是由于工作，她必须对“金威”更严格。训导“金威”就像从零开始抚养一个婴儿，陪伴它、教育它、鼓励它，直到它长大成才，在缉毒工作中建功立业。

我确实发自内心羡慕她的工作环境。倒不是说我奢望能如湛怡姐那般投身缉毒犬队，只是每每见到她与“金威”一起工作的身影，总会提醒我，能与自己所喜爱的伙伴一起从事喜爱的工作，不受世俗观点左右，是一件多么幸福的事情。

老徐：“偏执”的制服控

大体，我和制服有一种不解情缘。

转业前，我是一名军人。当时所有人都穿着军装，远远看去难分你我，我便觉得，周末的便装日才是决胜负展个性的关键时刻，每逢周末都要臭屁自恋一番。后来脱下军装穿上海关制服，我却又开始留恋军装的齐整，总觉得海关制服帅是帅，但总缺了点什么。

我在海关的第一个师傅是老徐，恰巧他也是一名转业军人。当我第一次穿着皱巴巴的制服衬衫出现在他面前时，老徐非常不满地训了我，他说：“你还是回家熨一熨你的衬衫吧。”然后又扯下我打得歪歪斜斜的领带，告诉我正确的打领带方式。

后来我发现，老徐对关容整洁有一种近乎偏执的坚持。他说，制服是海关人的精气神，所以他下班后的一大嗜好，就是熨制服。无论是衬衫还是西裤，他都熨烫得有棱有角。在细节上，他也从不马虎，关衔的正确佩戴方式、领花的朝向、皮鞋的光泽度，他都要求精益求精。有一次我赶着上班，随意扯了双深蓝色的袜子穿上便出了门，老徐的眼角只是不经意瞥到，我便感觉那目光犀利了起来。休息间隙，他凑到我耳边说，以后记得穿黑色的袜子。当下我的后背惊出一身冷汗。

后来有一次早班，前一晚珠海雷电交加，短时降雨量达到了 30 年来之最，口岸附近的积水有半个身子那么高，到更衣室的时候颇为狼狈。

“师傅你好醒目，居然穿便装来！”

“嗯，这么大的雨，你看我衣服都湿了……”他正在用力拧着手中的 T 恤。

“那你的制服咧？”

“喏，我本来提在手上的。一到口岸发现水都淹到腰了，就这样淌趟着水过来。”他作了个单手高举过头的动作，嘴里念叨，“可不敢打湿……”

我想象了一下，仿佛就能看见他一手撂着裤子，一手将制服高举过头，小心翼翼趟水前行的画面，顿时肃然起敬。

对制服的爱惜，无疑是对海关形象的珍惜，一个下意识的举动里，饱含着一名国门卫士对祖国的忠诚。

小强：其貌不扬的“扫地僧”

我在一场会议中认识小强，他坐在我身边，留着一个和“流川枫”差不多的酷炫发型，看起来只比我大那么两三岁。

感觉对了，年轻人的友谊也许就是来得那么猛烈。他喜欢运动，同时也是关里的灌篮高手；喜欢电玩，对游戏的选择和我臭味相投。于是我叫他一声“小强”，把他拖回宿舍一起不分昼夜地踢“实况”（一个足球主题的电脑游戏）。

回想起来，当时我这个新人才刚刚正式投入到旅检业务的学习中，每日几十万的人流就足以让人头昏眼花，更别提打起精神查缉案件了。而每当我和他说起自己的种种不适应，小强总是一边敲打键盘，一边头也不甩地告诉我，慢慢习惯就好啦。

不久后，我发现科里的同事们总是在电脑前感叹，某位厉害的前辈“强哥”又查到毒品了，“强哥”这个月案件飙到多少，又要立功了。类似的话从四面八方涌来，我开始好奇，这个叫“强哥”的前辈是谁。脑海中，这位缉毒精英，查案高手，一定是一位老师傅，一定一脸凶猛，也许还留着胡茬，肯定不好相处。那时我还不知道，所谓的“强哥”早就已经在我身边埋伏好，并且每天晚上都在陪我踢“实况”。

有一天，我终于忍不住好奇，问起科里的师傅，话说强哥

小强："潜伏"在我身边的"扫地僧"。

是哪个？师傅胳膊一挥指着不远处正对我打招呼的小强，一脸嫌弃地看着我说："你不是认识么？"我顿时觉得欲哭无泪，心想这货年纪轻轻的怎么就到处让人叫强哥了呢。

后来我才知道，旅检现场最精英的一支力量是"风险监控科"，而年仅二十几岁的小强早已是其中的一名元老级人物。自然而然的，我开除了这位"披着羊皮的"实况队友，改而逼他先教我查案。从那时起，这位小强老师算是毫无保留地对我倾囊相授，他教我如何分析旅客的神情举止，和我一起分析各个航线的客流特征，种种缉毒的套路让我目瞪口呆。跟着他，我慢慢地适应了旅检嘈杂的环境，最终也在旅检工作中找到了自己努力的方向，成为关里的查缉好手。

如今，我总告诉新关员，最厉害的人也许就潜伏在我们身边。不用问他们为什么低调，毕竟，不出其不意还怎么做高手呢？

5740240

中国检验检疫

5735810

擦肩而过

AS WE PASS BY

擦肩而过

AS WE PASS BY

3 / 与全世界擦肩而过

站在每天 30 余万人进出的拱北口岸，相当于平均每秒与五至七人擦肩而过。

十余年的舞蹈生涯，我早已习惯把汗水挥洒在聚光灯下，观众屏息静观，我奋力舞动；如今，涌动的人流每天都在我面前呼啸而过，而我却成了一个静静的观察者。

我试着记录一些故事，定格那些匆匆而过的脚步，希望他们都能走向最好的方向。

“水客”长什么样?

如果有一句话能为他们代言,那一定是——“我们不生产水,我们只是大自然的搬运工”。

在广东话里,“水”,作为名词与“米”相似,寓意钱财富足;作为形容词则有劣等、次要之意。几年前,我转业到海关,被安排在拱北口岸负责旅检工作。由此也逐渐见识了一个与“水”字有不解之缘的特殊群体——“水客”。

常人走路,“水客”走水,难以考究那个与他们的生活息息相关的“水”字到底源于广东水文化中的哪一个含义,亦或者他们的存在已然使那个“水”自成一家,为那个含义丰富的水字又添了一层颜色。

游走于关境两侧,徘徊在法律边缘,他们是一个特殊的群体。

以蚂蚁搬家的形式，“水客”们想方设法将各种“水货”走私过境。从货币、黄金、名贵烟酒，到猪肉、白菜、巧克力酱，两地间一切存在差价的物品都是“水客”们赖以谋生的依靠。不得不承认，在他们的世界里，有许多常人不曾了解的故事，也有一套自成体系的“生存法则”。

我曾经在口岸附近的地下商场“邂逅”一场水客面试，侧着脑袋听了几句，觉得相当有趣。要成为一名职业“水客”，其实也讲究身家清白，体貌端正。一是不能有“走水”的案底，二是长相不能过分奇特。凡是触犯以上任意一条的，都会频频引起海关关员的注意，自然会迅速被“走水界”淘汰。

我的一位师妹曾经打趣，“水客的一天，与关口一同苏醒，到闭关时才恢复平静，横跨祖孙三代，还能代代相传”。如果你问我“水客”长什么样？我还真不好回答，“水客”群体人员复杂，涵盖了各个年龄段，在他们自认为可以“作业”的时间段里几乎从不停歇。我曾亲手从每日往来的九岁学童的书包里查出高价红酒，不远处的家长眼神闪躲，甚至不敢认领自己的孩子。

“水客”的种类有很多，也各有所长，有的擅长隐蔽 ，每天混迹在人群中来往几十遍都让人记不住脸；有的手法高超，两支天价红酒绑在小腹前方照样身轻如燕；更多的贵在“不辞辛苦”，以次数搏概率，一心希望总有海关关员们“抓”不过来的时候。

大家总说，“水客”现象是历史遗留问题，而我自身对这个群体的感觉，则一直是复杂的。

他们中的很多人，有些是为了贴补家用的家庭主妇，有些是无依无靠的独居老人，有些甚至是刚刚辍学无处谋生的高中学生。于常人来看，他们确实都是普通百姓，但当他们受雇于走私团伙,就成为“蚂蚁搬家”式走私的帮凶，貌似不起眼的托带几条烟、几瓶酒，破坏的却是国家正常的贸易秩序。

古人云:“不以善小而不为，不以恶小而为之。”因怀揣贪婪与侥幸之心而偏离正道，放弃诚实劳动而一再挑战法律的底线。“机关算尽太聪明”，总有一天可能“反算了卿卿性命”。

“表叔”

海关关员在日常查缉上也会各有所好，我有个同事“衷情”于查缉各式名贵手表，几年历练下来，在“查表”战线上成绩斐然，我们都尊称他“表叔”。

我曾有幸与这位前辈共事过一段时间，近距离观察过“表叔”的查缉过程。“表叔”看表一看一个准，几万块的浪琴，几十万的卡地亚，上百万的百达翡丽，行李一过机，一看图像，手表的品牌、价格、配置、出产地便能随之娓娓道来。我一度很钦佩这位前辈，不计较案值功绩，纯粹将自己的品味学识投入到工作中，也算在一个领域做到了极致。

旅检通道上的“好戏”多数发生在查缉之后，不时鸡飞狗跳，少数皆大欢喜。刚来海关时，我喜欢看“表叔”查表的过程，

觉得他查缉出神入化，好像能隔着五颜六色的X光机图像看到手表的每一个零部件，一击即中。工作久了，我更喜欢看他查缉后神采飞扬地和旅客们“谈表”。在我看来，那才是“表叔”真正犀利之处。他不但在查缉上业绩斐然，还能奇迹般地博得各路土豪的“欢心”，这是我望尘莫及的。在宣传海关法律法规的过程中，“表叔”也不忘发挥特长，顺势为土豪们讲解手表的品牌文化、制作工艺和气质风格等，土豪们听得津津有味。再加上他还会在合适的时机淡定地抛出一句“先生，只表好靓好衬你喔”或“这表你挑得不错”，土豪们瞬间心花怒放。大概一番行家讲解下来，他们也觉得自己买这只表，打这份税，还挺值。

久而久之，一次次看到“表叔”接待过的土豪们缴完税接过税单还能嘴角带笑，甚至离开前还会调侃般地喊一句“纳税光荣”，我们一众小辈惊叹不已，心服口服。有时我想，在每日几十万过关的人流中，表叔一直在那儿不断地寻找那些他懂的表，等那些个和他一样懂表的人，难道不是一种冥冥中的缘分么？

“旭旭”叨叨

旅客从境外携带“自用合理数量”的不同价位的手表进境，征税比率是不一样的。例如，我经常在通道上邂逅的从迪斯尼买的儿童手表，一般都在5000元人民币以下，按规定可享受免税放行；而价值5000~10000元人民币之间的手表，如“浪琴”、“天梭”等，就已进入了需缴税的价格区间，按规定应缴纳20%行邮税；至于“表叔”经常查获的万元以上的高档手表，如江斯丹顿、百达翡丽等，需缴纳的行邮税则高达30%。

另外，大家可知道上面这个卡通形象是谁？他叫“海娃”，是海关吉祥物。他的发稍向上微卷，构成字母C的形状，既寓意“中国海关”（China Customs）；又像是“独角兽”的角，寓意中国海关执法为民、公正廉洁。胸前的篆体“关”字，寓意中国海关历史悠久。手持金钥匙，沿用关徽的设计理念。金色的“海娃”外形活泼、充满朝气，象征着海关蓬勃发展的未来和希望。

查验手机千千万，粉红色那部最难忘

我记得十几年前，父亲有一部大哥大，打起电话来气派非凡，就像香港影界的大佬，羡煞旁人。如果那时我和父亲说："老爸，我想要一部大哥大。"他大概会觉得我疯了。

如今时代不同了，在这个"最好"的时代，手机来了，苹果成了"街机"，华为走向了世界，连幼儿园的小朋友都有自己的小手机。作为海关关员，我们见过各种各样花样百出的手机，有 HELLO KITTY 卡通定制版的，有镶钻的、镶宝石的，只能说世界之大无奇不有。

然而我经历过的最让我印象深刻的一次手机征税，并不是什么高端奢华的定制机型，而是一部普通的三星手机。

我记得那是一部粉红色的触屏机，很适合小女孩。机子拿

5740240

在手上略显轻薄，没有说明书，是我不知道的型号。而手机的主人是一个皮肤黝黑的中年男子，笑容腼腆，手上有粗糙的老茧。

我问他："您买的什么型号？"

他摸摸后脑勺，好像有点不好意思："我女儿读初中啦，给她买的手机，S3，四千多吧。"接着又补充一句："孩子喜欢。"

我心里"咯噔"一下，继而婉转地问他，您拿发票了吗？

"拿了拿了，老板给我了。"

他从衣服口袋里翻出一张叠得整整齐齐的纸片递给我。然而，并不是什么发票，而是手机盒里缺失的那份说明书。

那时我心里已经明白，这部手机一定不是当时正时兴的三星 S3，价格也一定不到四千。征税部门的估价结果证实了我的猜想，是一个低产的型号，价格在 1000 元左右。

我小心向他解释，商店并没有给他发票，卖给他的手机市场价格在 1000 元左右，应该不是真正的三星 S3。根据当时的规定，需要征收税款 100 元人民币。

那个瞬间，我确实在他的眼睛里看到了慌乱。他也明白，自己上当受骗了，白白搭进去几千块钱，却没有买到孩子喜欢的机型。

我替他写好价格说明，他一笔一划地签上自己的名字，然后配合地完成征税手续，并礼貌地感谢我告诉他真相。他说，自己没有文化才闹了笑话。我却觉得这位不太精明的父亲比我见过的许多人都值得尊重。因为一部小小的手机，我们曾经和许多人打过交道，有人为了逃避税款低报价格，有人拿假发票浑水摸鱼，有人耍泼撒狠寄希望关员能网开一面。而这个大字不识只懂签名的父亲，没有争辩、没有拖延，仍然带着释然的笑容告诉我：

“法律规定这样，你们只能执行，没有办法。”

那一刻，一种莫名的情绪涌上心头，不知是同情这位父亲的遭遇，还是为这一份姗姗来迟的理解。

"旭旭"叨叨

国家规定旅客携带以下20种商品进境应当征税：电视机、摄像机、录像机、放像机、音响设备、空调器、电冰箱（电冰柜）、洗衣机、照相机、复印机、程控电话交换机、微型计算机及外设、电话机、无限寻呼系统、传真机、电子计算器、打字机及文字处理机、家居、灯具和餐料。

手机全称为"手持式移动电话机"，归为"电话机"类。

客官不要急，掌柜请留情

谈起化妆品，女同胞们总是头头是道，什么液什么水什么膏什么霜，还没讲完男同胞们已经逃之夭夭。我倒是不反对女孩们化妆，只是长时间的舞台工作让我有点排斥浓妆，台下观众看得分明，同台的演员相看两厌。在生活里，我是支持女孩化点淡妆的，眉目清秀，隐约透露着点“女为悦己者容”的爱美之心。

然而，如今我们再说起化妆品，脑海里第一个想到的很可能已经不是那些清新靓丽的妆容，而是那些个“好好的”居然做起了化妆品海淘代购的老同学、旧客户和常常莫名出现在社交网络里的网友们。作为海关关员，最哭笑不得的莫过于看到代购大哥大姐们不时晒出一张包裹里的“海关查验单”、“通关单”，然后附上一句“代购不易，这批货刚刚到，又被海关查了，我们的代购货真价实”。言语间，似乎一张“海关查验单”成了掌柜们的良心保证。

我确实不懂化妆品，但出于职业需要，对化妆品这类物品的进出境规定还是有所了解。如果你要问我靠不靠谱，我认为，女生皮肤细腻，还是慎重为好。代购商家不如其他有规模的专业大型电商，大多是通过社交网站寻找客源，他们能承受的售后服务和责任追究是有限的。信得过的亲友回国带点作为礼品馈赠，一方面大家都互相爱惜“脸面”；另一方面，无论是随身行李携带，还是国际邮包，少量自用或馈赠亲友的化妆品也符合海关自用合理原则，总的来说合情合理合法。至于其他陌生商家，但凡替他们算过一笔成本账的，就会觉得疑点重重。

以我们最常见的港澳代购为例，真正做“良心买卖”的商家们大多靠自己走路通关“人肉”代购化妆品。刨除来回路费，成本基本为零，似乎可以净赚一个汇率差额。然而，由于进出境频率的限制，一般人无法每日通关，能每日通关的上班族们按规定又只能携带旅行必需品。因此，为了压缩发货周期，掌柜大人们只能把握机会在每次通关时冒险多带点货。而大批量、同品牌、种类重复的化妆品由于不符合“自用合理”原则，最低限度是被海关征税处理。一旦被查获，拉平后商家利润几乎为零，而且涉及走私犯罪。至于跨国海淘，不但邮费成本高，其入境规定也更加严格。谁会愿意为几张陌生人的订单触犯法律责任呢？或许最终只能在货源上另辟蹊径了吧。

我见过代购掌柜们热情地展示海淘包裹中自己打印的各式“海关查验单”，附上各种“购物小票”，却很少能见到哪位能正正经经附上一张加盖公章的“海关税单”，列明商品何年何月何日何时入境，详细的物品特征和准确的海关估价。

所以，客官不要急，掌柜请留情。

“旭旭”叨叨

个人寄自或寄往港、澳、台地区的物品，每次限值为800元人民币；寄自或寄往其他国家和地区的物品，每次限值为1000元人民币。个人邮寄进境物品，海关依法征收进口税，但应征进口税税额在人民币50元（含50元）以下的，海关予以免征。

邮包内仅有一件物品且不可分割的，虽超出规定限值，经海关审核确属个人自用的，可以按照个人物品规定办理通关手续。若邮包内物品品种单一、数量巨大，海关将视为货物办理退运等相关手续。

“通行证一条，护照两条”？

我喜欢第一次过关的旅客，像新生儿，稚嫩，对世界还充满敬畏。好吧，起码对未知的海关规定还有几分敬畏。平日里，遇到这类旅客，但凡愿意向我咨询的，我都知无不言，言无不尽。我倒是有些“敬畏”那些进出口岸的“老主顾”们，工作久了就会发现，他们懂的，一般比我多。

我曾为一大叔办理烟酒征税手续，大叔一个人独自过关，被我拦下时手上正抱着三条软“中华”大摇大摆地走在通道上，明显超出了海关限量。我问他，结账时没有看到海关张贴的烟酒免税限量提示吗？他脸色一变，开始有理有据地“传道授业”。

“后生仔，那张海关规定字很多，我们都不看那个的。”

“先生，大家都要对自己的行李物品负责，字再多，过关前也要了解一下海关规定。”

刚想为自己正气凛然的回答点赞，大叔突然又想到了什么。

“喂，我是在免税店买的。”大叔突然提高了音量。

“所以呢？”

“免税店不是你们开的么？”

隐约觉得好像听到了什么奇怪的“内幕”，一瞬间脑回路中断还没反应过来，大叔又再接再厉扔下一颗“原子弹”。

“通行证一条，护照两条，难道不是你们规定的么？”

挥了挥内心的蘑菇云，我只想说：“这什么政策我怎么不知道啊，而且……而且大叔你符合的又是哪条啊？”

几经周折，送走这位犀利的大叔后，我决定回头给自己“补补课”。我心想，那条规定字再多，应该也不会有业务培训时要背的规章制度多吧。况且，“通行证一条，护照两条”又是从哪儿冒出来的呢？

带着疑问，我有一次自己通关时特意绕道去了趟免税店。店里的人一如既往地多，以往害怕排队，每次都匆匆经过。这次随意提了两盒饼干，我早早加入了等待结账的队伍，主要还是为了见识一下那份“字不多”，却足以引起了很多误会的“海关规定”。

谁曾想，短短几分钟，队伍里一共三位旅客跟我搭话。开头一位阿姨起码还真挚地以“这饼干真的很好吃么”开始对话，然后才试探性地向我借通行证；后面的两位男性旅客则连寒暄也跳过了，直接试图向我借通行证购买烟酒。他们说，不要浪费，如果不买，借给他们，能多买一份。不得不说，大家真心还是很善良，即便被“胆小的”我不断拒绝，队伍里的大哥大姐们还是纷纷热心向我宣传“护照两条，通行证一条”的“海关烟酒免税规定”，生怕我“错过良机“。

我当时内心确实天人交战，一方面在心里呐喊，不是这样的，你们不能这样啊；一方面却还莫名地舍不得那么早暴露自己，失去这种倍受关怀的归属感。最后，我弱弱地抛下一句“好像不是这样的”，抱着那两盒不知名的饼干，落荒而逃。我至今还忘不了他们的眼神，里头满满的怜惜，仿佛在说：“不懂法真可怕呀，都来免税店了，还只会买饼干。”

在通道查验年头长了，发现大多数人总是脚步匆匆，没有时间也不愿意稍作停留看一看真正的海关规定，一厢情愿地相信一句断章取义的话，最终引发通关时一场又一场让人哭笑不得的闹剧。仅以此文，写给那些免税店收银队伍里，我没有来得及给好好解释过的大哥大姐，不知道他们后来是否知道真正的免税额度。

“旭旭”叨叨

“护照两条，通行证一条”的真正含义：

所谓的“两条”与“一条”的区别，关键在于大家所属的旅客类型。来往于港澳地区的旅客，大多持通行证到港澳，15 日内首次进境，依法可免税携带香烟 200 支，这就是“一条烟”。而从其他地区途经港澳的旅客，大多持护照，15 日内首次进境，可免税携带香烟 400 支，合计“两条烟”。

也许大家算术很好，但是具体政策适用以自己的实际进出境情况为准，以下结论并不成立：

“虽然过关只要通行证，但护照我也带了呀，我能免税带三条烟。”（×）

“虽然过关只有我，但是爸爸、妈妈、爷爷、奶奶的通行证我都带了呀，我可以免税带五条烟。”（×）

（扫码查看相关知识）

免税店明示了烟酒免税额度。

胃，还好吗？

这里要讲的是一段关于懊悔的小故事，而这份懊悔足足有三升。三升有多重？大家可以掂量掂量大半桶“鲁花”花生油的重量。

恰逢那天我带班，多次往返通道“走水”现象有点猖狂，自然海关业务办公区也热闹非凡。眼见科里一“90”后小师妹向我招手，后头跟一大哥。小姑娘双眼泛红，大哥一脸“六月飘雪”。

“他一个人，扛了三升百乐莱。”

师妹撂下一句话，说要去备勤室冷静冷静。

我默默叹了一口气，见那大哥吵完架正是纠结的状态，便让他到队伍里等着。

一般来说，十来分钟后，他到查验台前，我核实他的进出境情况和携带的物品，办个手续，他会成为我脑海里无数个大哥之一，日复一日而逐渐模糊。

然而，旅检工作再次告诉我，命运是跳脱的。这位大哥未按我预想的套路，平平淡淡地结束这个班次。这位深深懊悔的大哥，决心要在我的记忆曲线上激起一朵不小的浪花。

十分钟后，当这位大哥走到我面前时，一！切！都！不！对！劲！扑红扑红的脸蛋，略带诡异的傻笑，他颤抖着把手上的酒盒递给我，我也有点颤抖地接过。

四目相对，他的脸在向我靠近，我仿佛看到了自己在他的眼里天旋地转。更令我诧异的是，我接过的酒盒居然是空的。

“扑通”一声，他压着一袋菊花茶和燕麦片扑倒在我面前的检查台上。我才反应过来,这大哥居然把酒喝光了。一盒“百乐莱”牌红酒，足足三升。

一阵慌乱之下，老科长告诉我手续照常办理，转身给那位大哥倒了两大杯饮用水。扶他起来时，大哥嘴里还嘟囔着：“不要打碎，不要打碎……”

闻着大哥身上异常醉人的气息，我终于明白他不是要打碎什么，是害怕红酒“打税”。好不容易被我们灌下两杯水，他总算摇摆摩擦着被闻讯赶来的同伴扶走。我仔细把单据塞到他的衬衫口袋里，目送他带着胃里的三公升红酒离开。

借酒消愁愁更愁。兄弟，我可以给你退运啊，这是何苦。

“旭旭”叨叨

来往于港澳地区的旅客，大多持通行证到港澳，15日内首次进境，依法可免税携带酒精饮料一瓶，总量不超过750毫升。而从其他地区途经港澳的旅客，大多持护照，15日内首次进境，可免税携带酒精饮料两瓶，总量不超过1500毫升。

短时间内一次性饮入三升酒足以酒精中毒，再懊悔也请珍惜身体健康。

（扫码查看相关知识）

用一级保护动物装饰的奢侈

小时候，我曾经为央视一档名为“动物世界”的电视节目着迷。随着主持人浑厚的嗓音，到海洋，到草原，到无所不有的丛林里，去感知各种动物的生命轨迹。我享受那个过程，也惊叹于自然界的种种奇迹。然而，那时的我并没有想到，那些在节目里见过的神奇生命，会在 20 年后以这种形式与我重逢。

在海关查验现场，你永远不知道下一秒会遇到什么。

记得那时我刚进关不久，已经从师傅们口中知道了种种骇人听闻的濒危动植物走私案件。虎骨、象牙、羚羊角等常见濒危野生动物及其制品的走私层出不穷。旅客裤腿绑着三只日本地龟，小邮包里藏匿着几百只活体蜘蛛，汽车轮胎里塞满珍稀的黑熊掌……这样的故事传遍口岸，大大小小的案件触目惊心。

我亲身经历的一次濒危野生动植物案件，受害的是一种热带小鸟。

那天和往常一样，我和师傅一起在通道上执勤。一个其貌不扬的行李箱过机，屏幕画面出现大量规则密布的图案。

“看这里！”师傅当下判断那件行李有异常。

我拦下箱子的主人，一名中年男子，要求他开箱。

箱子打开的时候，我发现里面装满了一种红黄相间、质地坚硬的物质，看起来就像一个个诡异的小头盔。

“这是什么？”

“海鸟的头骨。”中年男子平静地回答。

那时我才识别出，这些层层叠叠的小头盔其实是整整一箱的鸟类头盖骨。

“海鸟的头骨不可能是这种形状。”经验丰富的老师傅侧过身子低声对我说。随即，他让我稳住旅客，自己翻出手机迅速上网核实。同时，这箱物品被迅速地送往相关部门进行鉴定。当鉴定结果出来时我们被告知，这是一箱盔犀鸟的头盖骨。

我想起那应该是我幼时在电视上见过的一种小鸟，颜色鲜艳，叫声聒噪，一身经典的热带风情。它们本应留在那些无人造访的热带森林里，不受打扰，悠闲地度过一生。如今它们的头盖骨却被一排排摆放在地面，甚至无法辨识原来完整的模样，

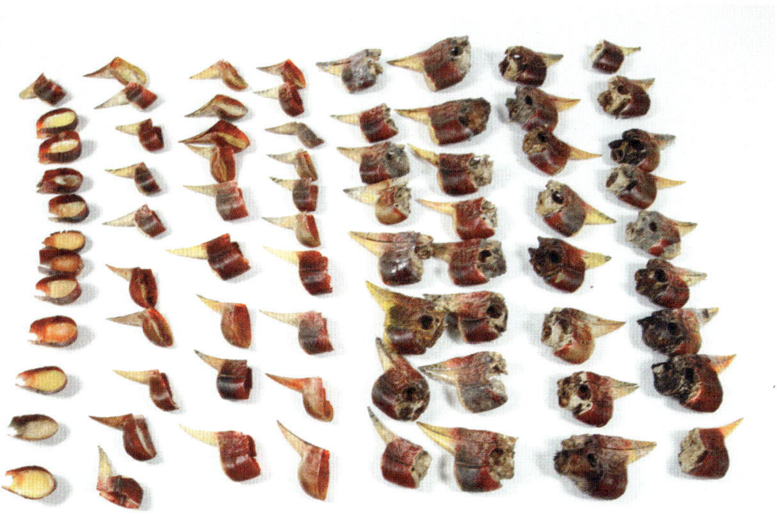

海关查获的盔犀鸟头盖骨。

我不由想到它们被夺去头骨后弃如草芥的躯干，心里顿觉难受。

鉴定的前辈告诉我，这种鸟类因为头盖骨色彩鲜艳、骨质坚硬，适合被雕刻成各式各样的鼻烟壶或是皮带扣，所以才沦为走私分子们争相猎杀的对象。我气愤不已，为了满足贪婪的欲望，就能如此任性无休止地伤害自然么？

不久后，我见证了这些盔犀鸟头盖骨被大火焚烧一并销毁的场景，和那些价值连城的犀牛角、象牙雕刻一样。在外人看来，这种结局或许暴殄天物。但事实上，对这些濒危野生动植物及其制品而言，无论以任何形式流入市场，都会诱发供求，继而使这些生灵再受涂炭。

其实，这一切还有一个更简单的解释。归根到底，人类本来就不该去奢求这些原本就不属于我们的东西，不是么？

“旭旭”叨叨

盔犀鸟是《华盛顿公约》(CITES)一级保护物种。

濒危的和珍贵的动物、植物(均含标本)及其种子和繁殖材料，为禁止出境与限制进境物品。

《中华人民共和国刑法》第341条规定：非法猎捕、杀害国家重点保护的珍贵、濒危野生动物的，或者非法收购、运输、出售国家重点保护的珍贵、濒危野生动物及其制品的，处五年以下有期徒刑或者拘役，并处罚金；情节严重的，处五年以上十年以下有期徒刑，并处罚金；情节特别严重的，处十年以上有期徒刑，并处罚金或者没收财产。

(扫码查看相关知识)

金牛男的“吸金”大法

我有一同事，是个典型的金牛男，惜财如命，勤俭持家。上班从来不带钱包，问及原因，答曰:“万一钱包丢了多可惜……”

或许是金牛座的气场太强，每次他在通道上，总会有筹码、货币，甚至黄金首饰不约而同地朝他“飞”来，种种“吸金”情景也让人目瞪口呆。

记得有一次我和他搭档在通道上查验旅客。那时候的我还傻傻分不清硬币和筹码的图像，见金牛哥淡定地坐在一旁，便问他:“怎样才能查到筹码呢？”

“筹码啊……”他摸了摸下巴，盯着 X 光行李机屏幕沉吟许久。不一会儿，他指着屏幕上的一个斜挎包努了努嘴:“喏，

筹码的图像长这样……”

我急忙截停那个斜挎包的主人，从包里查到了10枚1万元的筹码，我扫了金牛哥一眼，惊为天人。

平时的金牛哥在通道上一直是一副淡漠的表情，仿佛所有擦肩而过的人和事皆与他无关。但是他那敏感的“天线”却能鬼使神差般地在各种货币、黄金出现的时候紧急运转，小宇宙爆发起来让我怀疑他的脑子里是不是装了雷达感应器。

某日，我在通道上蓦然感叹了一句：“最近似乎没查到什么货币案件啊？”

金牛哥沉默不语，几分钟后，他指着一个行李箱的图像，告诉我：“来了单大数目。”

我以不可置信的眼神看着他，随即示意那位行李箱的主人开箱接受检查，结果箱子里全是一捆捆用报纸包裹得严严实实的人民币，金牛哥以迅雷不及掩耳之势清点了一遍，似是自己也被震惊了一般，告诉我：“哎，居然有80万……”

事后我向他请教，如何能练就这样一双“火眼金睛”。他总是故作无奈：“这些东西老是凑到我眼前，随叫随到，我也没有办法。”一番细思后，我想，这位前辈如有神助的“吸金”大法，不过是无数小概率事件在同一个人身上不断的重现，这是偶然？还是必然？

“旭旭”叨叨

携带人民币、外币现钞进出境都有一定限额，需提前申报。

根据《中华人民共和国禁止进出境物品表》，赌博用筹码禁止携带进出境。

进境旅客携带黄金及制品数量不限，重量超出50克必须向海关申报，在自用、合理范围内的，海关查验放行。

（扫码观看详解视频）

有够没够？女人对名包的执念

在口岸遭遇土豪，是常有的事。

如果是刚来的菜鸟，可能还会被经常从眼前飘过的各色LV、GUCCI等奢侈品亮瞎眼，纷纷感叹时运不济、命运多舛。时间一长，即便关员接过一个其貌不扬的手表，发现价格“24”后面跟了N个零，也只是平静地说：“我们会根据您的发票价格估价。”

况且，最近土豪们“买买买”的购物欲已有向欧洲冷门高端品牌进发的趋势。LV的时代恐怕要过去了。

某天，我驻守通道。眼见一大姐，穿着目测不下十厘米的高跟鞋，纤纤细手挽着一个壮实大哥的胳膊，笑逐颜开地走过来。大哥肉肉的小脸蛋随着行进的步伐微微波动，春风满满微熏了脸庞，水桶般的小肚腩在皮带处顶出一个“H”。

我一看，全身都是名牌。随后，我的目光停在了大哥手上一个标着“BOTTEGA VENETA”的包装袋上。

快速搜索脑内奢侈品系统，知识更新太快，一时出现盲点。

“先生，您好。请接受海关检查。这是您在境外购买的包包么？”我礼貌地拦下两人，询问道。

“就一个包，我媳妇买的，咋啦，不给带吗？”大哥说着拿出包包扔上了查验台。

“大姐，您这包多少钱买的，有没有发票呢？”我转头问。

只见大姐怯生生地瞥了大哥一眼，略带为难地笑了：“发票忘了放哪儿了，也就三千来块钱！”

“大姐，您能出示真实的交易发票么？我们核对一下。”

“就你事多，赶紧找出来，别浪费时间。”大哥气势汹汹地对大姐说。

“哦……”大姐似是极其为难，遍寻手袋，最后在暗格里找出了包装完好的发票，“给你。”她递过来的时候，犹豫了片刻。

我清楚地看见发票上写着“HK38500”。

“大姐，您携带的包价格折合人民币约 3 万元，已超过 5000 元，如果您要带进境，必须依法缴纳税款。”我深吸一口气说道。

禁止拍照、摄像
NO PHOTOGRAPHY AND FILMING

话音刚落，身旁的大哥立马盯着大姐跳起来：“什么，你又骗我！？你不是跟我说才三千多块钱吗？”

“我太喜欢了，又怕你嫌贵，所以……所以就少报了一个零。”大姐低下头，唯唯诺诺地回答着。

最终，在大哥阴郁的表情中，两人一言不发地办完了征税手续。

拿过包的时候，大哥摇着头对我说：“要被这女人坑惨了……”

“旭旭”叨叨

进境居民旅客携带在境外获取的个人自用进境物品，总值在5000元人民币以内（含5000元）的，海关予以免税放行，单一品种限自用、合理数量，但烟草制品、酒精制品以及国家规定应当征税的20种商品（比如手机、笔记本电脑、数码相机）等另按规定办理。超出5000元人民币的个人自用进境物品，经海关审核确属自用的，海关仅对超出部分的个人自用进境物品征税，对不可分割的单件物品，全额征税。

你的萌宠，如何随行？

如果活体动物直接过 X 光行李查验机，我估计关员会直接被清晰的骨骼架构吓得不轻。

那天是午后时分，我照例到通道上查看过关动向，人并不多。一个小女孩背着与她个头不太相称的书包走了过来。

“小妹妹，把你的双肩包过下机。”同事笑着示意那个女孩。

“妈妈……”小女孩七八岁的样子，她向正前方一名正在搬行李箱的中年女子投去求救的目光，为难地涨红了脸，手紧紧拽着书包肩带。

“阿 SIR，小孩子不懂事，吓到了……”女孩妈妈闻声快步走过来，把小女孩搂在身旁解释道，“包里就是一些小朋友的书啊玩具什么的，我们搬家到珠海，行李太多了，就让小朋友也背一些……”

我的同事还是坚持：“麻烦还是把双肩包取下来，过机接受我们检查吧。”

“哎呀，好麻烦啊，你看我们行李这么多……”中年女子试图推托。

我叫住同事，慢慢走过去，蹲下身子问那女孩：“书包里面装的什么，能给叔叔看一下么？”

她迟疑地抬头看她的母亲，然后低头看地板。

“嗯？是什么？”我又一次轻声问，试图让自己的语气听起来友好而无杀伤力。

“是……是JOE和JOHN……”过了半晌，她低头说。

“拿下来，让叔叔看看好么？”我摸摸她的头，又看了看她的母亲，半晌，她配合着把书包从背上拿了下来。

同事过来帮忙，他打开拉链的一瞬间，两个圆乎乎、毛茸茸的小脑袋扑地一下钻了出来。“龚科，你看，是两只狗！”

两只小狗好奇地打量着四周，小女孩着急地伸出手，一边抚摸一边宽慰似地念到：“JOE，JOHN，你们没事吧？”她的下巴在小狗头上来回蹭着。

中年女子见状，忙解释道：“我家小朋友特别喜欢狗，养了这两只吉娃娃，走到哪里都要带到哪里，这次搬家，她也一定

要带上它们……”

“可是您这样藏在包里带过关，也不怕把狗闷坏么？”我有些无奈地看着包里的两个小家伙，心想，如果刚才真的过机检查，图像会有多狰狞。

“我们就怕被查到过不了关，才想着让小朋友用书包背着的。”中年女子不好意思地搓着手。

“入境携带宠物的事情，你还是要问问他们。”我手指了指检验检疫部门所在位置，“不过据我了解，入境宠物每人每次只能带一只呢。”

不一会儿，检验检疫查验台就传来了小女孩的哭声。

“我不要和它们分开，不要！”她在她妈妈怀里挣扎着。

“怎么回事？”我走过去问。

“好像是手续不全，貌似还要什么“宠物卫生证明书”和接受防疫注射的相关证书……没有的话，两只小狗只能退回澳门。”女孩的母亲有点不知所措。

“妹妹不哭了好么？”我拍拍小女孩的肩膀，拿过挂在她脖子上的通行证小本，“你看，你过关要证件，小狗过关是不是也要啊？它们回去澳门补办下证件，下次就可以顺利过来和你团聚的。”

“真的么？”她将信将疑地看着我。

“警察叔叔怎么会骗你呢，是不是？”她的母亲瞬间与我站到同一战线。

我在心里想着，我不是警察叔叔……不过管不了那么多，还是露出一个标准笑容，坚定地看着小女孩点了点头。

后来，小女孩被她母亲抱着，泪眼婆娑地走了。临走时直直盯着她的小狗们，而那两只狗，仿佛心灵感应似的，也被那分别的情绪感染，小声呜咽着。

“旭旭”叨叨

携带入境宠物仅限犬或者猫，并且每人每次限带一只。

携带宠物入境时应提供以下资料：

1. 输出国家或地区官方动物检疫机构出具的有效检疫证书原件；

2. 有效的疫苗接种证书原件及复印件；

3. 本人有效通关证件及复印件。

小孙子喝的是中老年高钙奶粉?

短暂性“脸盲症”估计是所有旅检新人的通病。想当年，当我还是菜鸟一枚的时候，每次站在旅客进出境大厅都有同样的感觉：我这是到了异国他乡、见了无数老外吧，否则这来来往往的人怎么都长着同一张脸呢？一位大叔的出现，让我终于摆脱了“脸盲症”。

大叔年近五十，长相酷似鸟叔，有着一双可爱的单眼皮小眼睛。之所以对大叔印象深刻，并非因为他有与众不同的外貌，而是因为同一天上午他在我眼前晃了足足 11 次！第一次从我身边经过，我当大叔是路人甲；第二次，他仍是路人甲；第三次，他还是路人甲……第六次，我终于感觉这个人貌似在哪里见过；第七次，这名旅客真的很脸熟；第八次，当大叔再次从无申报

通道迎面走来，手上还多了个黑色大行李箱的时候，我实在按捺不住内心的好奇叫住了他。

“先生，你好，请将行李过机。”

“阿 SIR，我赶时间去接孙子。”

“请吧。”

“亲爱的大叔，行李过机耽误不了你两分钟时间。”我暗自在心里念叨。

X 光机图像显示，箱内物品单一，数量众多。同事立即将大叔请到查验台前。我接过大叔的通行证，发现本子内页布满了当天加盖的红印章。我默默地数了一下，足足 15 个，也就是说，短短一上午时间，大叔就已往返澳门和珠海七趟，并且正在第八趟的路上奋勇前进着。即使我再“脸盲”，也不可能对一个在我跟前晃了八遍的人视若无睹吧。

“箱子里装着什么？”

“奶粉，给我孙子喝的。”

“打开看看。”

随之便是一连串的磨磨蹭蹭，什么孙子就要下课赶时间啦，什么箱子拉链异常难开啦，什么密码已经不记得啦……诸如此类。但最终，行李箱还是在我的坚持下被打开了。一个行李箱居然硬是塞了 23 罐奶粉！那一瞬间，我几乎佩服得五体投地。

“阿 SIR，我孙子还小，每天都要喝奶粉，我不多准备点不行啊……”大叔面露可怜状。

“可是大叔，你孙子这么小，就喝中老年高钙奶粉了么？”我指着奶粉罐上的标签，平静地问道。

“旭旭”叨叨

《中华人民共和国拱北海关公告》（2012 年第 2 号）规定，“当天多次进出境旅客”进境携带超出自用、合理数量的进出境物品应当按照进出口货物依法办理相关手续。

不带、不带，我们不带！

第一次来拱北口岸的亲们，不要慌、不要乱，更不要和陌生人说话。

因为在拱北口岸有这样一群奇怪的“搭讪族”，他们往往素面朝天，拎着“来来”或“新苗”的超市塑料袋，抑或是提着用过无数次的破旧免税店购物袋，有点楚楚可怜地请求你们帮忙。

有时候是年迈的老婆婆，她会拽着你的手乞求你：“好心的妹妹，帮奶奶带瓶酒过关好么？太重了我提不动。”

有时候是抱着小孩的妇女，她上来泪眼婆娑地说：“大哥，帮我带几条烟过关行么？我抱着小孩太不方便了。”

更有甚者，直接徘徊在等候边检检查的旅客队伍之间，觉得你无烟无酒无公害，就会小声过来请求你帮忙带条烟或酒过关，他们带着神秘笑容告诉你，那头有人接应。

接应？需不需要“天王盖地虎”的暗语？像不像一场神秘的暗战？瞬间脑补了许多谍战片桥段吧，亲？

嗯，在前方等你的，有可能是威严的海关人员，比如我。

每天在通道上，我和我的同事们都会多番识破这样的托带伎俩。时常有帮陌生人带烟酒的旅客，回答不上来我询问的问题后，心急如焚，挠头搔耳，最后涨红了脸怯生生地问：“你怎么知道东西不是我的？”

我微笑不语，告诉旅客最好选择放弃这些来路不明的烟酒。

“我不知道，我不知道，我真的不知道这事儿这么严重……”

“我好心帮他，自己反而摊上事儿了……早知道就不帮忙了！”

“我过关后他们找我要东西怎么办？”

“这些烟酒不能打点税带过关么？”

……

话说主动要帮陌生人的烟酒打税过关的哥们真是“中国好旅客”。实际上，赴港澳地区旅游的进境旅客，每人每次可携带香烟 200 支，750 毫升容量以下酒一瓶。而对于每天多次奔波于珠澳两地的“水客”而言，是没有携带烟酒的额度的。正因为如此，“水客”才把目光瞄上了善良友好的各位亲啊。

试想一下，如果那烟里装的不是烟叶，而是毒品呢？你是否要为这陌生人内里不详的行李，承担如此大的风险与责任呢？

“旭旭”叨叨

旅客对携带进出境的行李物品负有法律责任，如果不慎替人携带违禁品，将有可能面临严重的法律后果。

（扫码观看详解视频）

申报
DECLARATION

请将所有行李物品过机检查
PLEASE PUT ALL YOUR BAGGAGES ON THE BELT FOR CUSTOMS EXAMINATION

《新华字典》里的“幺蛾子”

听说，《新华字典》最近都要推出电影版了，我不禁疑惑，除了满眼的汉字，《新华字典》真的是部情节跌宕起伏、人物丰满众多的史诗性巨著么？

叔叔我虽然读书少，但是你们可别骗我。从小《新华字典》不离手、哪里不会查哪里的叔叔，对《新华字典》还是略知一二的。

可是，时隔十几年，当我在查验台上再次邂逅《新华字典》时，不得不对内里的“奥秘”刮目相看。

那天，正值下班高峰期，查验通道上的旅客络绎不绝。一名中年男子的行李箱引起了我的注意：箱子里有好几块砖头大小的物品。为了一探究竟，我示意中年男子将行李箱放上查验台接受海关检查。当箱子打开的时候，我和身边的同事都有些意外，里面堆了二十多本《新华字典》。

思绪似乎一下子回到小时候。我拿起一本，带着微微的怀旧情绪抚摸上字典的封面。那书看着只有七成新，封皮倒还是光洁无损。

“你是来旅游的么？带这么多《新华字典》干什么？”中年男子通行证上标着“旅游”签注，分明是内地赴澳门的旅客。

“这些书都是在澳门书市搜罗来的，你看有些版本在大陆绝版了，我是买回去收藏的。”男子回答得有理有据，我一看，有些字典的版本果然有些年代了。

“这年头收集什么的人都有啊……”我在心里嘀咕着。似乎是见我们不再追问什么，中年男子想把从箱中取出来的字典一一收回去。

我随手打开一本，愕然发现，里面根本没有我熟悉的汉字和读音释义。满眼的某邪教教义。某邪教？！我的脑袋立即想起了山东招远麦当劳的那起血腥命案。

“你等一下！”我用眼神示意了周围的同事，让他控制住当事人。随后，我一本本翻开所谓的“新华字典”，发现每本书都只是空有封面外壳，里面全是某邪教的内容，只是版式裁剪得刚刚好，如果不翻开书，单凭封面和书的厚度，几乎可以以假乱真。

中年男子一看情势不对，开始狡辩，声称这些字典都是香港街头有人免费派发的传教品，他只是好奇，所以想带回去给家里的人“开开眼界”。

后来，我们在他的随身小包中发现了一个 U 盘，里面全是某邪教的宣讲视频。而在他携带的一本随身小册子中，还密密麻麻地写下了各种学习心得。

随后，这名中年男子被相关部门带走，作进一步深入调查。我想，如果《新华字典》真的要翻拍电影，这个鲜活的故事或许是不错的剧本。

“旭旭”叨叨

涉黄与邪教书刊自然是带不得，对于那些在港澳书店随处可见的、涉及各类敏感词的书刊，大家也要抑制住好奇心。因为根据国家规定，它们很可能都属于“对中国政治、经济、文化、道德有害的印刷品、胶卷、照片、唱片、影片、录音带、录像带、激光视盘、计算机存储介质及其他物品”，是禁止进境的。

药不能停，但要适量

如果你问我去港澳旅行买什么药好，我掐指一算也能给你列出一堆：斧标驱风油、喇叭牌正露丸、双飞人药水、虎标万金油、天寿堂调经姑嫂丸，等等。你问叔叔为什么懂这么多？有一个“专注带药一百年”的老伯教会了我这些。

刚到旅检那会儿，我还是个“天真无邪的少年”。其实去港澳旅行买点居家旅行必备良药本来没什么，即便是天天往来珠澳两地上班的打工仔，包里也时常带着一瓶正露丸以备不时之需。后来我遇见一个老伯，他总是拉着一辆小拖车，每隔半个月准时走一遭，车上绑着一个黑色的布袋，里面会装满各色新奇的药品，着实让我大开眼界。

第一次遇见老伯，我见他车上的小布袋装得鼓鼓的，也不过机接受检查，便把他叫到跟前，示意他打开布袋。袋里除了两罐奶粉，便是两排强骨力。“阿伯，带这些做什么？”我问他。他翻出自己的手背，指着上面依稀的针孔告诉我：“阿 SIR，我年纪大了身体不好，最近要到珠海去打点滴呢，这些药是我吃来补钙的，奶粉呢，是给我外孙仔喝的。”我看他一脸诚恳也就相信了。

可是不久，我发现他一次次带药过关，每次都有各种各样花样翻新的理由：一会儿是外孙发烧啦，所以他带了好多小林退烧贴；师傅见我又要被他糊弄过去，直接给老伯的药办了退运手续。一会儿是南洋回来的同乡托他帮忙，拿了一箱斧标驱风油，被我截查的时候还拼命跟我推荐此药之神奇功效，恨不得把瓶盖打开让我闻闻；我向他苦口婆心地宣传海关政策后，学着师傅的样子也给他办了退运。后来他又拖了一车姑嫂丸，如此八竿子打不到一处的妇科用药，他奇迹般地告诉我，他儿媳妇月经不调得吃这个，“自用合理”得仿佛理所应当；我无奈地劝诫他事不过三，并带着他去办了征税手续。

然而，我们还是在通道上又一次狭路相逢了。他过关的时候瞟见了我，发现我正死死盯着他，便迅速移开了视线，只是拖着车埋头往前走，尽量混杂在人群中，迂回地试图远离查验台。

“阿伯，麻烦你过来接受海关检查。”我大声叫他。

老伯充耳不闻，只是加快了脚步。

我快速移步到他面前，拦住他的去路："阿伯，叫你呢。"

这时他才抬头，咧开嘴冲我笑，半个月不见他，身子依旧硬朗。如同旧相识一样，我示意他把布袋从车上拿下来，照例问道："这次带了什么？"

他打开布袋，里面摆满了密密麻麻的各种药盒。什么"TILLER-G"、"希爱力"，莫名其妙的药名。我问他："这是什么，保健品么？"他拿出其中一瓶，把上面的用药说明给我看。

瞬间我就秒懂了，原来是民间俗称的"伟哥"，粗粗一看也有上百瓶。

"阿伯，这么多药你买来做什么？"

"我身体不好啊，要买来补补的。"他小声嘀咕。

"知道是什么药么？"我有点哭笑不得。

"不就是鱼肝油么？"他疑惑地看我。

我把药瓶递过去给他，他不耐烦地挡开："字太小啦看不见，我也不认识。"

"跟我进去办一下手续吧。"我叹口气，提起他的药袋正要往海关工作区走。他急忙拉住我，有点生气地说："老人家带点鱼肝油补身体，你这个后生怎么这么不通情理！"

"阿伯。"我回头，一字一句慢慢告诉他，"这不是鱼肝油，是！伟！哥！”

大概是这药的名字太如雷贯耳，他一下子红着脸沉默了。

后来，缉私人员前来交接案件的时候，他不停念叨：“该死派货的告诉我这是鱼肝油……这下惨了。”

药虽不能停，但还是适量为好。

“旭旭”叨叨

进境居民旅客携带在境外获取的药品进境，总值在5000元人民币以内，且符合自用合理数量范围，海关予以免税放行。文中老伯一下子带了100多瓶伟哥，明显超出“自用合理数量”范围。

另，携带麻醉药品和精神药品需要主动向海关申报：

1. 个人自用的必须提供医生的处方，处方注明的数量应该严格符合国家有关规定，超出的处方无效；

2. 医疗人员因医疗需要携带少量麻醉药品和精神药品出入境，应当持有省级以上人民政府药品监督管理部门发放的携带麻醉药品和精神药品证明。

“可怜”之毒贩，必有可恨之处！

2013 年，我所在的科室查到了一起惊天大案，一个印度籍旅客携带了近三千克毒品过关，被海关成功截获。

这是我第一次遇见藏毒案件，虽然不是我查获的，但与毒贩的第一次正面交锋，还是让我激动不已。同事们都口耳相传着查获经过：一只看似平常的行李箱，除了几件换洗衣服，便是大量樟脑丸。这立刻引起了查验关员的注意。后来我才知道，樟脑丸是为了掩盖毒品气味。

如此老练的手法，单枪匹马只身一人闯关，风险何其大。我想象着毒贩该有的样子，应该像《黑洞》里的马仔一样，身穿皮衣皮裤，脸上戴着遮住大半张脸的墨镜，一头扎眼的金发，手臂上纹着不知来历的图腾，脖子上还得挂一串金光闪闪的链

子，浑身上下，哪儿都透着邪恶气息。

可当眼前那个真正带毒的人出现在我面前的时候，我有些猝不及防。他既不像马仔，也没有匪气，更没有想象中的金发和纹身，身上的衣着甚至有些破破烂烂，脚上的鞋子还开了“鱼嘴”。瘦高的个子，罩着一件并不合身的夹克，头发乱糟糟地卷曲着，胡子拉碴，精神萎靡。他低着头，十指交叉放在桌上。只有翻译问及相关事宜的时候，他才出声。他的声音很平静，脸上丝毫没有想隐瞒和狡辩的意图。他抬头的瞬间我终于看见了他的眼睛。都说印度人有一双漂亮的眼睛，可是那一刻我在他的眼睛里，看不到一丝恐惧或者害怕，如同一滩无澜的死水，仿佛这一切早在意料之中。当办案人员问完所有问题，他长舒了一口气，带着释然的表情。

调查室里还有其他人进进出出，我也看见了传说中的毒品，藏在箱子特质夹层里，像三块砖头一样大。我不知道他为什么以身试法，也不知道他会被如何处置，只是那双静静的眸子在眼前挥之不去。

后来的后来，有人带来小道消息，说毒贩身患艾滋病，命不久矣！还有人说，他之所以携毒过关，是因为他母亲被贩毒集团控制了，被逼无奈，才如此做的。想必，在过关之前，他就知道自己离死亡不远了。

在通道上，每天数十万人与我们擦肩而过，毒贩也许就混迹其中，而且不把自己的命当命。

禁毒，是一场全球性的战役。在贩毒的链条上，大毒枭们往往躲在幕后，我们在关口上查获的毒贩往往只是一些马仔，为了挣一点带工费，不惜陪上性命。全国各口岸海关查到过太多为毒品以身试法的人，各种藏毒手法层出不穷，甚至有孕妇体内藏毒，“胶囊”一旦在体内破裂，搭上的不只一条人命。

听多了关于毒贩的各种迫不得已，我想，每个人在这个世界上，都会有自己的不得已，原本应该通过正当渠道去获得救助，却因漠视法律而扮演起帮凶的角色，害人又害己，实在是下下之策。人生在世无论何时，法律的底线都不能去触碰，既是为自己为家人，也是为社会。

“旭旭”叨叨

不能携带的禁止进境药品，包括：

1. 各种烈性毒药；

2. 鸦片、吗啡、海洛因、大麻以及其他使人成瘾的麻醉品、精神药品；

3. 带有危险性病菌、害虫及其他有害生物的药物产品；

4. 有碍人畜健康的、来自疫区的，以及其他能传播疾病的药品。

珍爱生命，远离毒品！

凌晨一点的酒后真言

凌晨一点，许多人或许早已进入梦乡。

可此刻的拱北口岸，却依旧灯火通明人头攒动。通勤下班的上班族，酣畅游玩一天的旅客，还有特意往返珠澳两地品尝美食的夜宵党……像是彼此约好了时间，纷纷赶着关闸关闭前奔向出口。

尽管生物钟已经抗议多遍，我们还是得振作精神，守好最后一个小时。

记得那是2014年12月18日，我所在的科室有幸迎接第一个“延关”之夜。往日临近零点，通道上早已门可罗雀，如今因为延长一小时，人流竟依旧来往不绝。我替换下轮值的同事，和科长一起站上通道。几分钟前，在备勤室里，他喝了好大杯浓茶，还狠狠地抽了几口烟，为的是给自己提神。我知道今晚是第一个延关晚班，连续站了四五个小时的老师傅们腿脚僵直仍不敢懈怠，年轻人更应振作精神。

但是，困意却不住地涌上来，我知道是生物钟起作用了。我和同事交换了眼神，大家似乎都懂这最后一个小时的默契，除了坚持，别无他法。看着过关的旅客都步履匆匆，我想回家的心也开始焦躁起来，觉得这最后一小时漫长无比。好不容易看着时钟走向 1 点钟，我已然身心疲惫，准备等最后一批旅客过关完毕，收好工作卡便回家。这时候，通道上摇摇晃晃走来一个身穿白色西装的男子，步履有些凌乱，走近了，才闻到一股好大的酒味。

往常，我们也时常会遇见喝得满脸通红的“酒鬼”，如果对他们实施例行检查，有些人会直接在女关员面前将上衣撩起，有些人会口不择言地谩骂，甚至往关员身上吐口水，更有甚者，直接冲过来撕扯关员的衣服，一件好好的制服衬衫瞬间不忍直视……回想起这些奇葩的过往，通道上的所有关员此刻都屏气凝神，严阵以待。

看着那个慢慢走近的白衣男子，我心想，不会是喝醉了酒又要来捣乱吧？科长小心翼翼走上前，扶住那位白衣男子，提醒他小心走路。却不料，那个男子慢慢举起右手，煞有介事地立正站好，结实地敬了个礼，嘴里喃喃地念到：“你们辛苦了，我给你们添麻烦了……”

科长显然怔住了，他以为那男子喝醉了酒胡乱玩闹。谁知他又走向我，在我面前还是立正站好，敬礼，一句句地反复着：“对不起，对不起，我过关晚了，给你们添麻烦了……”然后走向通道上的其他同事，直到和所有人一一道完歉，他才慢慢向出口走去。

所有人都面面相觑，为这突如其来的一声“抱歉”。都说“酒后吐真言”，只这一瞬间，我便觉得这最后一小时的等待与煎熬，因为这样一句陌生的问候与谢意，竟也值了。

“旭旭”叨叨

自 2014 年 12 月 18 日零时起，广东省珠海市与澳门特别行政区之间的拱北口岸、横琴口岸和跨境工业区口岸实行新的通关安排：

1. 拱北口岸开闭关时间分别提前和延后各 1 个小时，即开关时间提前至早上 6 点，闭关时间延后至凌晨 1 点；

2. 横琴口岸实施 24 小时通关，适用对象为旅客及客车，暂不包括货车；

3. 珠澳跨境工业区口岸于 0 点至 7 点临时向社会开放，适用对象为步行的内地在澳劳务人员、学生和澳门居民，不包括自驾小车和客车。

（扫码查看珠澳各口岸通关时间）

5740240

那些年，海关背过的“黑锅”

蝴蝶扇动翅膀引发一场海啸，中东的骆驼打了个喷嚏，中国人民一片恐慌。围观群众纷纷表示，海关是干什么吃的?

“韩国 MERS 病毒携带者居然被放进来了！？”

“我包裹里的奶粉谁喝了？”

“机场人员偷拍我的偶像，海关不给个说法？”

……

“啪啪啪”，海关躺着也中枪。我只想拍案而起喊一句:“海关抓不了地中海果蝇，也查不了埃博拉病毒，监管重点在‘物’不在‘人’。”即使是对出入境旅客实施人身检查，我们也只是想知道，你身上是不是绑了手机，胃里是不是吞了毒品。至于进出境旅客和各种动植物的健康状况，我们真的鞭长莫及。

近来，“专注背锅30年”的海关又摊上事儿了。原因很简单，一位著名歌手因在机场被一群“身穿制服”的工作人员偷拍了照片，发了条微博表示心情不好。于是，各路粉丝不淡定了，纷纷要求海关郑重道歉。目睹微博上的这场“背锅”与“反背锅”的拉锯战，我只想仰天长啸问一句：“安检、地勤、海关、边检、国检……穿制服的工作人员明明那么多，为什么受伤的总是我们？”事实上，机场海关大多根据风险提示有针对性地抽查旅客，抽查方式多为行李过机和手工开箱，普通航线的旅客还真感受不到海关的存在。

回想这些年的“背锅”史，着实是一把辛酸泪。海外淘来的GUCCI包包变成木板，邮包里的FANCL眼霜变成了三节南孚电池，漂洋过海而来的明信片不翼而飞……伴随着“海淘”而来的各种误解与谩骂铺天盖地而来，我看着同事们带着阿Q精神笑称自己为“黑锅侠”，以此稍稍平复内心的伤痛。

有人问，海关查验包裹的速度怎么会如此“龟速”，查验的兄弟“一口老血”涌上喉间。却少有人知道海关邮包查验全年无休，所有查验手续关员都必须在两天内办结。大多海淘的店家时常为了节省成本明明选择了最便宜的海运，却将消耗在漫漫长路上的时间归咎为海关卡货。

有人问，包裹为什么一经“海关查验”就面目全非？查验的兄弟再次无辜躺枪，频频拽着我的衣角解释，即便有包裹需要实施人工查验，也是由邮包中转机构负责搬移、开拆、掏物和重封，查验过程全程录像监控，唯一能动的“手脚”是留下一张“中国海关查验告知书”，提示“您的包裹已被中国海关查验”。所以，如果包裹里没有海关查验通知单却被摔成了粉末，说明包裹并未经过海关开箱，即使是拨海关 12360 也确实爱莫能助。

这一切与海关相关的“黑锅”，并不是三言两语能完全澄清的。这些年，我的一些同事们勇于在网络上做“孤胆英雄”，试图澄清误解；也有一些年轻的新人用自己的力量运营传播平台，怀揣一腔热血积极推动普法。其实，公众需要的有时候只是一个发泄的出口，并不是所谓的“真相”。作为一个个体，我知道，与其一一解释，不如告诉他们，我们正在经历和正在努力改变的现实。希望这些我所记录的小故事里，有些能搏君一笑，有些能为君解惑，也不枉我一番笔墨。

"旭旭"叨叨

"12360"是全国海关系统统一的社会公益服务号码，是受理公民、法人和其他组织提出的业务咨询、通关求助、投诉举报、信访建议等事项的综合性服务平台。

社会各界在进出口贸易、进出境等对外活动中，希望了解海关政策法规，办理海关业务中的疑难问题寻求帮助，以及对海关工作的意见等，均可拨打"12360"海关服务热线。

2012年10月1日，全国海关统一服务热线"010-12360"正式开通，为社会公众提供7×24小时的咨询服务。社会各界也可在工作时间内通过拨打"直属海关所在地区号+12360"的方式进行咨询。

（12360新浪微博）　　（12360微信订阅号）

中国海关门户网站
中国海关

拱北海关 12360 与您相约
—聊聊旅客通关那些事—
http://gongbei.customs.gov.cn
2014.12.29
拱北海关门户网站
罗华鑫
李婧

后记

AS WE PASS BY

谢谢你们喜欢我

时隔一年，我的微博粉丝栏目里显示，我暂时还拥有四十多万粉丝，而这本书的出版源于他们，也为了他们。

我还记得微博刚开始获得一些关注的时候，面对迅速增长的“粉丝”数目，我只想惊呼一句：“天啊，这些都是谁！”

后来我发现，我的“粉丝”年纪都很小，这里称他们为“粉丝”，只是习惯了网络上的称谓。他们大多只是把我当成邻家大哥，我的微博内容算不上有趣也够不着深刻，兜兜转转也不过是美食健身和一些生活琐事。而且与所谓的“网红”不同，毕竟他们全都知道我在哪里。

我常和他们说：“拱北口岸，不管你们来或不来，我都在这里。”

我遇到过不少朋友不远万里专程到珠海想要见我一面，也有一些原本就常常往来珠澳两地的居民过关时总想与我打个招呼，他们大多都还是学生，在我看来自然都还是小朋友。

旅检关员夜班下班很晚，延关后甚至要工作到凌晨 1 点才能闭关回家。而为了能见我一面，我的这群小朋友们花足了心思。他们在口岸耐心等我下班，去参加我出席的一些海关活动，最终因为一张合照和几句闲话感到心满意足。我一边被他们的诚意感动，一边又忍不住担心他们是否都能安全到家。

更多的时候，他们都在我的微博里吵吵闹闹，自找乐趣。

平日里，他们时不时在我微博下热闹地留言，时常叮嘱我注意身体，不要吃胖，还总爱关心我腹肌的健康状况，很多内容看得我哭笑不得。有时我工作太忙忘记更新微博，他们还能自发组群互相聊起自己的生活动向。慢慢的，虽然我从来不说，但我其实也开始能够辨别出一些熟悉的头像和名字，就像突然多了很多老朋友，虽未曾谋面，却一直陪伴在身边。

他们给了我人生中一个最难忘的生日。

上学时，我习惯了和同月生日的战友们凑一个日子，吹同一根蜡烛，切同一个蛋糕，由此对生日也失去了所谓的“特殊情节”。可在 28 岁的那一年，这群“小朋友”为我送来了一个人生中最难忘的生日。他们给我写信，为我做视频，还专程为

谢谢你们

喜欢我

文明出境游
谢谢你们

喜欢我

我送来了生日蛋糕。关里的保安大叔说保安亭里堆满了寄给我的礼物，笑称我让他在某快递公司上了一天班。一天的时间里，我吃了四个生日蛋糕，也奇迹般地收到了数不清的祝福。记得那天傍晚我走在回家的路上，打了一路的“奶油嗝”，感觉全世界都在给我过生日。

我真切地感受到，他们正在用一颗颗年轻真挚的心，关注着我的生活点滴，也像朋友一样融入到我生活的方方面面。他们中的很多人，让我觉得自己正活在人生中很好的一段时光里；也正如他们中的大多数人经常鼓励我的那样，我希望能继续做好自己，以自身的一些努力，带给大家一点欢乐与收获。

我也曾想，他们都会长大，都会慢慢向前，总有一天会忘记有这么一个人曾被他们如此喜欢过。后来又觉悟，无论缘分深浅，他们的存在，本身就是上天给我的一份最精彩的礼物。

对那些来自远方的倾诉，千言万语汇成一句：“谢谢你们喜欢我！”